STEEL ROAD 스틸로드
FUSION FANTASTIC STORY
이영균 퓨전 판타지 소설

스틸 로드 1

이영균 퓨전 판타지 소설

초판 1쇄 찍은 날 § 2012년 12월 21일
초판 1쇄 펴낸 날 § 2012년 12월 28일

지은이 § 이영균
펴낸이 § 서경석

편집부장 § 권태완
편집책임 § 어정원
디자인 § 이혜정

펴낸곳 § 도서출판 청어람
등록번호 § 제1081-1-89호
등록일자 § 1999. 5. 31
어람번호 § 제1-1513호

주소 § 경기도 부천시 원미구 심곡2동 163-2 서경B/D 3F (우) 420-822
전화 § 032-656-4452팩스 § 032-656-4453
http://www.chungeoram.com
E-mail § chungeorambook@daum.net

© 이영균, 2012

ISBN 978-89-251-3118-4 04810
ISBN 978-89-251-3117-7 (세트)

FUSION FANTASTIC STORY

STEEL ROAD

이영균 퓨전 판타지 소설

스틸로드

1

Contents

Chapter 01
만남

인간은 누구나 자신이 특별한 인간이길 원한다.

그런 면에서 준혁은 확실히 특별한 사람이었다.

문제는 그 특별함이 혈통의 우수성이나 두뇌의 뛰어남, 혹은 신체적 능력의 탁월함으로 나타나지 않았다는 데 있었다.

그가 가진 특별함은 보통 사람이 한 가지라도 가지기 싫어하는 종류의 것이었다.

우선 확실하지 않은 준혁의 생일이 그랬다.

1986년 1월.

서울 시민들이 가을에 개최될 예정인 서울 아시안게임에

대한 기대감으로 술렁이고 있을 때 그는 태어났다.

아니, 태어난 것 같았다.

준혁은 업둥이였기 때문에 정확한 생년월일을 알지 못했다.

준혁이 버려진 장소는 더 특별했다.

아이를 버리는 부모는 당연히 죄책감을 가진다.

그래서 양심의 가책에서 벗어나기 위해, 죄책감에 대한 면죄부를 받기 위해, 혹은 조금이라도 잘 성장할 수 있는 가능성을 찾아 아이를 성당이나 교회, 또는 부잣집 앞에 놓고 간다.

그렇지만 준혁을 버린 부모는 그 조그만 양심도 없었던 모양이다.

준혁은 노원구 중계본동 104번지 일대의, 속칭 달동네 허름한 집 대문 앞에서 발견되었다.

으레 그렇듯이 준혁을 거둔 부부는 자식이 없었고, 집 앞에 버려진 아이를 동사무소에 신고할 만큼 매몰찬 사람도 아니었다.

아니, 엄밀히 말하자면 두 사람은 매우 착하지만 못 배우고 가난한 사람이라고 말할 수 있었다.

유아기의 성장 과정도 특별했다.

준혁은 키우기도 어려운 아이였다.

집에서 쓰던 비누로 목욕을 시키면 온몸에 붉은 반점이 일어나서 궁핍한 살림에도 아이 전용 샴푸나 비누를 구입해서 사용해야 했다.

남들은 보통 돌이 지나면 시작하는 걸음마를 두 돌이 지나서야 겨우 시작하는가 하면, 다른 아이들이 '엄마, 밥 줘'를 외칠 때 준혁은 엄마도 아니고 겨우 '어마'를 웅얼댔다.

그렇다고 활달해서 남들과 잘 어울리는 성격을 가진 아이도 아니었다.

준혁은 동네 아이들이 흙을 묻히고 뛰어놀 때 양지 바른 곳에 식물이 광합성을 하는 것처럼 쭈그리고 앉아 있기만 했고, 그런 모습을 싫어한 아이들의 따돌림과 괴롭힘도 희미한 웃음으로 받아넘기는 아이였다.

당연히 초등학교 생활도 고난의 연속이었다.

남들은 집에서 다 떼고 오는 한글이 준혁에겐 고시공부 수준의 난이도였고, 구구셈은 아예 넘지 못할 히말라야의 고산준령과 같았다.

이런 상황은 초등학교를 졸업하고 중학교에 들어가서도 더욱 심해졌다.

준혁은 아예 입을 다물고 세상과 벽을 쌓기 시작했다.

처음에는 멍청이, 무뇌아라고 놀리던 아이들마저 언제나

희미한 웃음만 보이는 준혁에게 질려 괴롭히기를 포기했다.

선생님도 부모님에게 준혁을 특수학교로 전학 보낼 것을 정중하게 권고하기에 이르렀다.

부모님은 선생님의 제안을 거부했다.

이유는 단 한 가지, 특수학교의 비싼 학비를 감당할 돈이 없어서였다.

그래도 부모님은 준혁을 병원에 데려갈 만큼은 사랑했다.

준혁의 상태를 본 의사는 자폐증이라는 진단을 내렸다.

하지만 부모님은 의사가 자신의 진단에 자신없어 한다는 사실을 눈치챘다. 하지만 달동네에 살며 막노동과 청소부 일을 전전하며 하루하루 끼니를 걱정해야 하는 상황이 또 다른 병원을 찾는 일을 막았다.

2000년, 그의 나이 15세, 중학 2학년이 되는 해였다.

전 세계가 새 세기를 맞는 희망과 Y2K의 공포를 동시에 경험하고 있을 때도 준혁의 상황은 변하지 않았다.

그는 여전히 자신을 감싸고 있는 단단한 거죽 속에 틀어박혀 나올 줄을 모르고 있었다.

그리고 그날이 왔다.

겨울이 물러감을 아쉬워하고 봄이 그런 겨울이 차지하고

있던 자리를 조금씩 비집고 들어오는 어느 날이었다.

준혁은 어느 날처럼 산동네 양지바른 비탈에 앉아 척박한 겨울을 견디고 피어난 이름 모를 들꽃을 구경하고 있었다.

주변 환경에 전혀 관심이 없는 준혁이 유일하게 관심을 보이는 사물이 바로 꽃이었다.

준혁은 손가락으로 보라색 꽃을 살며시 만졌다가 뗐다.

그리고 다시 만지길 반복했다.

그때 누군가 준혁에게 말을 걸어왔다.

"그 꽃은 패랭이꽃이야."

준혁은 말에 반응하지 않았다. 준혁에게 타인의 언어는 공기의 의미없는 진동에 불과했다.

"말이 안 들리니?"

무시당했다고 생각해서일까? 목소리의 주인은 말의 톤을 높이며 준혁의 어깨를 쳤다.

준혁은 상대방이 물러날 생각이 없다는 사실을 깨달았다. 이런 경우 계속 무시하면 몸이 아프게 된다는 사실도 떠올렸다.

그래서 고개를 돌렸다.

준혁 또래의 소녀가 허리에 손을 괴고 서 있었다.

살짝 불어오는 바람에 소녀의 긴 생머리가 흔들렸고, 햇볕을 받은 얼굴은 환하게 빛났다.

준혁은 소녀가 해님의 축복을 한 몸에 받은 것 같다고 생각했다. 소녀의 목에서 유난히 반짝이는 목걸이가 그 생각을 뒷받침했다.

"……."

준혁은 입을 떼지 못했다. 아니, 뗄 수 없었다고 하는 것이 이 상황에 좀 더 적합했다.

그리고 그 순간 확신했다.

이 소녀를 만남으로써 자신을 감싸고 있던 거죽이 벗겨지리라는 것을.

"패랭이꽃은 석죽이라고도 불러. 왜 그런지 알아?"

소녀가 말했다.

조금 전까지만 해도 전혀 의미 없던 소녀의 목소리가 준혁의 귀가 아닌 마음속에 깊숙이 들어왔다.

"아주 옛날 중국의 어느 마을에 힘이 센 장사가 살았대. 정의로웠던 장사는 옆 마을에 돌귀신[石靈]이 밤마다 나타나 사람들을 괴롭힌다는 이야기를 듣고 참을 수 없었지. 그래서 활을 들고 석령을 찾아갔어. 산에 오르자 석령이 장사 앞에 나타났어. 왜 그랬게?"

"……."

"너 바보구나? 당연하잖아. 장사는 인간이고 석령은 귀신이니 인간이 귀신을 이길 턱이 없잖아. 어쨌든 장사는 활을 들어 돌귀신을 힘껏 쐈는데 너무 세게 쏴서 화살이 깊숙이 박혀서 빠지지 않았어. 그 후 그 돌에서 대나무같이 마디가 있는 아름다운 보라색 꽃이 피었는데 사람들은 바위에서 핀 대나무를 닮은 꽃이라 하여 '석죽'이라 불렀대. 우리나라에서는 옛날 서민들이 쓰던 패랭이 모자를 닮았다고 하여 패랭이꽃으로 불렸고. 알았어?”

설명을 마친 소녀가 손을 내밀었다.

“…….”

준혁은 내민 손의 의미를 몰라 물끄러미 소녀를 바라보았다.

소녀가 어쩔 수 없다는 듯 다시 말했다.

“내가 패랭이꽃에 대해 알려줬으니 너도 보답을 해야지.”

어이없는 말이지만 준혁도 보답을 하고 싶었다.

“어… 어…….”

“너 말 못해?”

준혁은 고개를 저었다. 그리고 다시 용기를 내서 말했다.

“어떻게?”

“난 따끈한 호빵이 먹고 싶어.”

“돈이 없는데?”

“흠…….”

소녀가 팔짱을 끼고 잠시 고민하더니 말했다.

"돈은 나에게 있지만 내가 내 돈으로 사 먹을 순 없어. 어디까지나 보답이니까. 좋아, 내일 이 시간에 여기서 만나. 그땐 돈을 가져오는 거다?"

"……."

소녀의 목소리는 마법과도 같았다. 준혁은 소녀의 억지가 분명한 주장을 들어줘야 한다고 생각했다. 그래서 고개를 끄덕였다.

소녀가 사라지고 집으로 돌아온 준혁은 어머니에게 말했다.

"돈이 필요해요."

어머니는 아무것도 묻지 않았다.

대신 어머니는 주름진 얼굴을 더 주름지게 만들며 펑펑 울었다. 그녀의 손에는 때 묻은 1,000원짜리 지폐가 들려 있었다.

소녀의 이름은 유라였다.

"성은 김이야. 그래서 이름은 김유라. 유행가 가사 같지만 어쨌든 그래."

"내 이름은 이준혁이야."

"흔한 이름이네."

그렇게 두 사람의 만남이 시작되었다.

머칠 뒤 준혁은 신문 보급소를 찾아갔고 신문을 돌리기 시작했다.

이유를 묻는 부모님의 질문에 준혁은 대답했다.

"살 물건이 있어요."

석 달 동안 신문을 돌려 준혁이 구입한 물건은 연습용 양궁이었다.

비탈에 과녁을 세운 준혁은 시위를 당기는 손가락이 터져 피가 날 때까지 활을 당겼다.

"왜 활을 쏘기 시작한 거야?"

유라의 질문에 준혁은 단호하게 대답했다.

"나도 장사가 되고 싶어."

"흥, 넌 정말 바보야."

준혁은 사실대로 고백했다.

"네 말이 맞아. 난 바보거든."

"미쳐. 그럴 땐 내가 왜 바보냐고 묻는 법이야."

그래서 물었다.

"내가 왜 바보야?"

유라가 검지로 준혁의 머리를 가리키며 말했다.

"장사는 활만 잘 쏜다고, 힘만 세다고 되는 것이 아니야. 여기도 좋아야 해."

"난 아무것도 몰라."

"내가 가르쳐 줄게."

그날부터 준혁은 학교에 나가지 않았다.

대신 새벽에는 일어나 신문을 돌리고, 오전에는 활을 쏘고, 오후에는 어김없이 찾아오는 유라에게 공부를 배웠다.

유라는 모르는 것이 없었다.

바보라고 자처하는 준혁의 관점이 아니라 정말 똑똑한 사람들과 비교해서도 그랬다.

"난 그렇다지만 넌 왜 학교에 가지 않아?"

"난 이미 대학까지 졸업했으니까."

"말도 안 돼."

"말이 돼. 열다섯 살에 졸업했다고."

"……."

여전히 의심의 눈초리를 거두지 않는 준혁에게 유라는 비싸 보이는 누런 종이를 가져와 보여주었다.

"봐, 내 대학 졸업장이야."

"영어라서 못 읽어."

"그럼 배워서 스스로 읽어."

준혁은 죽자고 영어 단어를 외우고 회화를 공부했다.

졸업장을 읽기까지 정확히 1년이 걸렸다.

졸업장에는 멋들어진 글씨로 'Harvard University', 즉 하버드 대학교라고 적혀 있었다.

"그런데 웃기게도 더 이상 공부가 하기 싫더라고. 그래서 졸랐지. 한 번도 못 가본 부모님의 고향에 가보고 싶다고."

"너 혼자 사는 거야?"

"빨리도 묻는다. 당연하지!"

"……."

유라는 정말로 혼자 살고 있었다.

"부모님이 걱정 안 하셔?"

"내가 철들고 난 후 부모님은 내 결정에 반대하신 적이 없어. 워낙 바빠서 얼굴 볼 날이 거의 없기도 하구."

"뭐 하시는데?"

"유엔난민고등판무관실에서 지역사회 서비스 임원(Community Services Officers)으로 근무하셔. 지금은 시에라리온에서 근무하고 계셔."

유라의 부모님에 대해 알고 싶었던 준혁은 도서관으로 향했다.

그곳에서 준혁은 유엔난민고등판무관실과 시에라리온에 대한 책들을 골라 읽기 시작했다.

그리고 깨달았다.

세상은 준혁이 알고 있는 세상보다 넓었다.

그는 지식이 주는 마력에 빠져들었다.

2002년, 전 국민이 월드컵 4강 신화에 감격하고 있던 바로 그 시기.

동갑내기들이 고등학교 1학년일 때 준혁은 대입 검정고시에 합격했다.

유라가 말했다.

"이제 머리에 든 것은 쓸 만해. 하지만 아직도 넌 문제가 많아."

"뭔데?"

"네 문제는 나약함이야. 스스로 자기 몸을 봐."

준혁의 키는 182센티였고 몸무게는 64킬로였다. 아무리 좋게 말해줘도 결코 건장하다고는 말할 수 없는 몸이었다.

준혁은 공사판에서 등짐을 지기 시작했다. 이삿짐도 날랐다. 중국집 배달부도 했다.

몸을 쓰는 일이라면 물불을 가리지 않았다.

번 돈의 절반은 부모님께 드렸다. 그리고 절반은 먹는 데 사용했다.

그러는 동안에도 활을 쏘고 유라와 공부를 하고 책을 읽는 일을 거르지 않았다.

준혁은 그래야 유라가 떠나지 않을 것이라고 믿고 있었다.

2005년.

준혁의 키는 185센티, 몸무게는 88킬로그램이 되어 있었다.

"머리도 어느 정도 채워졌고 몸도 괜찮아. 그런데 아직도 문제가 있어."

"말해줘."

아리아는 준혁의 가슴을 콕콕 찌르며 말했다.

"네 마음. 넌 마음이 너무 여리고 나약해."

준혁은 대학에 가지 않았다. 사실 갈 형편도 안 됐다.

대신 준혁은 특전부사관으로 군에 입대했다.

준혁의 나이 21살이었다.

복무 기간 동안 유라는 단 한 번도 면회를 오지 않았다. 편지도 없었다.

준혁도 유라를 찾지 않았다.

4년이 그렇게 흘렀다.

준혁이 제대하던 날.

유라가 나타났다.

유라는 물었다.

"강해졌어?"

"응!"

"이제 마지막으로 한 가지만 더 채우면 돼."

“말해줘.”

“인. 간. 관. 계.”

준혁은 극히 편협한 인간관계의 소유자였다.

군 시절에도 그 점은 별로 변하지 않아 그는 팀원 사이에서 믿을 수 있고 실력도 있지만 관계에는 서투른, 그래서 조금은 경원시되는 군인이었다.

준혁은 대학 입학을 결정했다.

학과는 사학과를 선택했다. 역사는 준혁이 가장 흥미있어 하는 분야였기에 망설임은 없었다.

대학에 입학한 준혁은 동아리에도 들고, MT도 가고, 술도 마시고, 당구도 치고, 아르바이트도 했다.

심지어는 미팅에도 나갔다.

놀랍게도 군까지 제대한 26살 아저씨는 인기가 있었다. 준혁은 절대로 인정하지 않겠지만 그는 상당히 잘생긴 외모의 소유자였다.

대시가 이어졌지만 준혁은 흔들리지 않았다. 준혁에게 이 모든 상황은 공부에 지나지 않았다.

항상 밝고, 사려 깊고, 준혁에게 끌리던 과 여대생들도 유라의 존재를 알고 나자 모두 물러났다.

준혁은 남자에게도 여자에게도 인기가 많았다. 대학을 다니는 동안 준혁은 언제나 사람들에게 둘러싸여 있었다.

그렇게 다시 4년이 흘렀고, 준혁의 옆에는 항상 유라가 자리를 지켰다.

졸업식은 두 사람이 처음 만났던 날과 같이 겨울이 봄에게 자리를 내주는 그런 날에 열렸다.

학사모를 쓴 준혁을 보며 부모님이 눈물을 흘렸다.

"절대 유라의 은혜를 잊으면 안 된다."

"암, 그 은혜를 잊으면 금수지, 금수고말고!"

유라에게도 찬사는 이어졌다.

"고마우이. 정말 고마우이."

"유라가 없었다면 저놈은 업둥이 팔푼이로 평생을 살았을 것이구먼."

준혁의 귀에는 부모님의 말씀이 들어오지 않았다.

"유라."

"이제 됐어."

유라가 마침 불어온 바람에 긴 생머리를 휘날리며 말했다. 그 모습은 준혁이 유라를 처음 본 바로 그 순간의 모습과 같았다.

그날도 유라는 유난히 빛나는 햇살을 받으며 빛나고 있었다.

준혁은 유라의 손을 잡고 가까운 편의점으로 향했다.

"호빵 두 개 주세요."

점원이 내미는 호빵 한 개를 건네며 준혁은 말했다.

"나랑 결혼해 줘."

"당연하지."

유라가 환히 웃었다.

이렇게 될 줄 알았다는 말은 너무나 진부하다.

운명이라는 말이 둘의 관계를 설명하는 형용사로 더 적합했다.

*　　*　　*

운명이 이뤄지자 현실이 모습을 드러냈다.

"부모님께 결혼을 허락 받아야지."

지금까지 유라는 일 년에 한 번 있는 부모님의 휴가에 맞춰 미국을 다녀오곤 했다.

하지만 지금까지 준혁은 단 한 번도 유라 부모님의 얼굴을 본 적이 없다.

"부모님은 지금 근무하시는 나미비아 상황이 무척 안 좋아 한국에 못 오세요. 그리고 전 성인이에요. 저의 결정을 부모님도 환영해 주실 거라 믿어요."

유라는 결혼을 약속한 이후 갑자기 존댓말을 쓰기 시작했다.

준혁은 결혼식 없이 혼인신고만 올리자는 유라의 말에 놀라 그 점을 깨닫지 못했다.

"아무리 그래도……."

유라가 자신의 부족함을 부모님께 알리고 싶지 않아서일지도 모른다는 생각이 들었다.

아마도 자격지심의 발로겠지만 준혁에게는 매우 중요한 문제였다.

준혁을 지배하는 삶의 목표는 유라가 만족할 만한 인간이 되는 것이었고, 그 목표를 이뤘다고 생각했다. 하지만 아직도 부족할 수 있었다.

그래서 준혁은 부모님은 못 오시더라도 정식으로 결혼식을 올리자고 말했다.

신혼여행도 가자고 말했다.

군 시절과 대학 시절 열심히 모아둔 돈을 모두 쓸 각오가 되어 있었다.

하지만 유라는 단호했다.

"결혼식만은 부모님 앞에서 하고 싶어요. 3년이에요. 3년만 있으면 한국으로 오실 거예요. 그러니 그 돈은 잘 모아두세요. 나중에 필요할 거예요."

언제나 상냥한 유라지만 때때로 부리는 고집은 소가 절을 하고 갈 정도다.

결국 혼인신고만 올린 두 사람은 그렇게 결혼식도, 신혼여행도 없이 신혼 생활을 시작했다.

준혁은 박물관 큐레이터로 취직했다.

유라는 생뚱맞게도 준혁이 근무하는 박물관 앞에 꽃집을 차렸다.

그녀가 준혁 다음으로 좋아하는 것은 언제나 꽃이었기에 그 결정은 놀랍지 않았다.

어느 날 준혁이 물었다.

"당신의 천재성을 이렇게 썩혀도 괜찮아?"

"삶의 방향이나 목표는 한 가지가 아니에요. 당신도 어느 순간 어떤 상황이 닥치면 지금까지 살아온 길과는 전혀 다른 길로 나아가야 할지도 몰라요."

준혁은 그렇게 말하는 유라의 표정이 무척 서글퍼 보인다고 생각했다.

유라는 무어라 딱히 설명하기 힘든 여러 면모를 보여주는 여자였다.

그녀는 영어와 스페인어를 비롯한 여러 나라 말에 능통했고, 인문학에도 매우 뛰어난 소양을 가지고 있었다.

어린 나이에 타국이나 다름없는 한국에서 혼자 살 정도로 딱 부러진 면모도 가지고 있었다.

그러나 한편으로는 별로 슬프지도 않는 애니메이션과 드라마에 펑펑 눈물을 쏟을 정도의 진한 감수성의 소유자였다.

"내가 바보 온달이 된 것 같아."

"그럼 전 평강 공주네요? 난 공주란 말이 좋아요."

결혼 후에도 준혁은 현 상황에 머무르지 않고 자신을 갈고 닦는 데 부단한 노력을 기울였다.

유라는 준혁이 태어나서 처음 가져본 행운이었다.

그런 유라를 실망시키는 일을 떠올리기에는 준혁은 유라를 너무나 사랑했다.

다시 2년이 훌쩍 흘러갔다.

어느 날 유라는 고급스러워 보이는 티켓 두 장을 내밀며 말했다.

"부모님 근무가 1년이 더 연장되었다고 하시네요. 때문에 결혼식이 늦어져 미안하다시면서 이 티켓을 보내주셨어요. 신혼여행을 먼저 다녀오라고 하시면서요."

티켓에는 남국의 정취가 물씬 풍기는, 야자나무가 무성한 해변과 그 해변을 배경으로 바다에 떠 있는 크루즈 선이 인쇄되어 있었다.

아직 한 번도 보지 못한 사위를 위해 비행기 표가 포함된 크루즈 선 티켓을 보내준 장인 장모의 행동이 한편으로는 의아하기도 했다.

　그렇지만 준혁은 자신이 아닌 유라를 사랑하는 부모님의 마음이라 여기고 감사하게 호의를 받아들였다.

　출항지 마이애미에서 마주한 Voyager of the Seas, 즉 바다의 여행자호는 배수량 1만 톤에 전장이 131m에 불과한 작은 크루즈 선이었다.

　준혁이 아는 크루즈 선은 300m가 넘는 길이에 배수량은 10만 톤이 훌쩍 넘고 승객만도 수천 명에 달하는 수십 층 빌딩 높이의 거대한 선박이었다.

　"생각보다 작네?"

　"안에 들어가 보면 생각이 달라질 걸요?"

　상상의 어긋남에서 오는 약간의 실망감은 객실로 안내 받자 사라졌다.

　바다의 여행자호는 전 객실이 스위트룸으로만 이뤄져 있으면서 승객 208명과 선원 163명만 탑승하는 초 럭셔리 크루즈였다.

　보름에 걸친 여행 기간은 준혁의 생애에서 가장 행복한 시간이었다.

　갑판 난간에 반쯤 몸을 내민 준혁은 옅은 비린내가 풍기는 공기를 폐 가득히 밀어 넣었다.

뱃전을 스치고 지나가는 남국의 바람은 몸서리칠 만큼 상쾌했다.

"좋다, 좋아!"

크루즈 여행의 백미는 모든 승객이 한자리에 모여 즐기는 만찬이다.

여행 내내 준혁은 무제한 무료로 제공되는 산해진미를 마음껏 즐겼다.

특히 항해의 마지막 날인 오늘 밤의 만찬은 더 좋았다.

로브스터와 질 좋은 송아지 요리, 조금씩 입에 맞는 샴페인과 와인.

하지만 맛있는 요리도 하루 이틀이다. 보름 가까이 양식만 먹어댔더니 땀에서 버터가 흘러내릴 만큼 속이 느끼했다.

준혁은 주머니에서 담배를 꺼냈다.

"역시 식후에는 담배만 한 것이 없지."

담배는 군 시절 배웠다.

다행히 유라는 담배에 대해 별다른 말을 하지 않았다. 유라가 끊기를 원했다면 준혁은 당장에라도 담배를 끊을 것이다.

생각은 자연스럽게 유라에게로 향했다.

"유라가 조금 처진 느낌인데… 여행에 지친 탓일까?"

유라는 여행이 계속될수록 컨디션이 안 좋아지고 있었다.

"내일이면 집에 가니 좋아지겠지."

담배에 불을 붙이려는 순간 인기척이 느껴졌다.

준혁은 담배에 불을 붙이는 대신 빙긋 웃으며 몸을 돌렸다. 100만 명 속에서도 인기척의 주인공을 단숨에 찾아낼 수 있다.

"왜 나왔어?"

"샤워를 마쳤는데 당신이 안 보여서요. 여기 있을 줄 알았죠."

뱃전을 스쳐 지나가는 바람이 아직 촉촉한 유라의 긴 머리카락을 부드럽게 흔들리게 했다.

달빛에 반짝이는 머리카락이 너무나 아름다워 눈물이 날 것 같았다.

준혁은 살짝살짝 코끝을 스치는 샴푸 냄새를 음미하며 물고 있던 담배를 구겨 호주머니에 넣었다.

아무리 담배가 좋아도 유라의 체취만큼 좋을 수는 없다.

"미안, 얼른 피우고 들어가려고 했는데……."

준혁은 유라에게 그녀 앞에서만큼은 절대로 담배를 피우지 않는다고 약속했었다.

유라가 듣기 좋은 나지막한 음성으로 말했다.

"그 약속 아직 잊어버리지 않았네요."

"당연하지. 당신과 한 약속은 절대 어기지 않아."

“감사한 일이지만… 그래도 이젠 끊는 것이 좋아요.”

처음으로 유라가 담배에 대해 언급했다.

“알았어, 한국으로 돌아가면 그렇게 할게.”

“약속하는 거죠?”

“약속해.”

준혁은 유라의 손을 잡으며 다짐했다.

만족한 대답이었는지 유라가 준혁의 손등을 부드럽게 어루만지며 말했다.

“내일이면 일상으로 돌아가네요.”

“아쉬워?”

“아쉬워요. 이 순간이 영원이 계속되었으면 하고 바라는 것은 욕심이겠죠?”

“당연히 아니지. 유라는 행복을 누릴 자격이 있어. 열심히 노력할게. 그리고 다음에 또 오자.”

“당신 말대로 됐으면 좋겠어요.”

두 사람은 나란히 서서 카리브 해의 밤바다를 바라보았다.

“정말로 궁금했는데…….”

“뭐가요?”

“당신은 왜 날 선택했어?”

몇 번이고 물어봤지만 유라는 한 번도 속 시원한 대답을 해 주지 않았다.

이번에도 마찬가지였다.

유라는 준혁을 보며 언제나 했던 말을 되풀이했다.

"운명이에요."

"……."

달빛에 비친 유라의 얼굴이 하얗게 빛났다. 그녀가 단 한시도 벗어놓지 않는 목걸이도 같이 빛났다.

"당신, 정말 아름다워."

"어머, 당신도……."

하얗던 유라의 얼굴이 붉게 물들었다.

준혁은 유라의 달아오른 뺨을 살짝 만졌다.

"그러고 보니 이곳이 그 유명한 버뮤다 삼각지대네? 여기서 많은 배와 비행기가 사라졌다면서?"

"왜, 내가 사라질까 봐 두려워요?"

"솔직히 말해서 그래. 난 지금도 왜 당신이 보잘것없는 나를 선택했는지 모르겠어."

"운명이라고 말했잖아요."

유라의 음성에는 묘한 울림이 있었다.

카리브 해라는 장소, 남국의 바람, 유난히 밝은 달빛, 아름다운 유라의 존재가 마음을 감상적으로 만들었다.

준혁은 유라의 허리를 감아 끌어당겼다.

그리고 입술을 유라의 입술에 가져다 대며 말했다.

"고마워, 잘살자. 열심히 할게."

"믿어요."

유라가 얼굴을 살짝 돌리며 말했다. 그 덕에 준혁은 유라의 볼에 뽀뽀를 하고 말았다.

"사람들이 봐요."

어느새 갑판에는 상당수의 승객이 항해의 마지막 밤을 즐기고 있었다.

"얼른 피우고 선실로 오세요."

유라가 선실로 사라졌다.

준혁은 다시 담배 한 대를 꺼내 들고 입에 물었다.

'한국까지 갈 필요 없어. 이 한 대를 마지막으로 끊자.'

결심은 이뤄지지 않았다.

꽈과과광!

담배에 불을 붙이려는 순간 크루즈선이 엄청난 진동에 휩싸였다.

난간을 붙잡을 생각도 못하고 준혁은 주변 사람들과 함께 튕겨져 나가 바다에 떨어졌다.

Chapter 02
조난

짠 바닷물이 입으로 코로 들어왔다.

상하도 구별되지 않았다.

밤바다는 인간을 바닥으로 빨아들이는 마력을 가지고 있
다. 밤에 일어나는 익사의 대부분은 상하를 구별하지 못해서
일어난다.

준혁은 반사적으로 몸을 쥐며느리처럼 구부렸다.

잠시 후 등이 해면에 닿는 느낌이 들었다.

준혁은 몸을 돌려 물 밖으로 얼굴을 내밀었다.

수면은 준혁과 함께 떨어진 사람들의 울부짖음으로 이미

지옥이었다.

"살려줘."

"아악!"

"여보~!"

떠 있으면 구조된다.

간단한 명제다.

'선원들도 진동을 느꼈을 거야. 배는 당연히 정선할 테고, 구조는 시간문제지. 난 완전군장을 하고 거친 밤바다를 다섯 시간 동안 헤엄칠 수 있도록 훈련받았어.'

현상에 대한 인식은 주변을 살펴볼 마음의 여유를 가져다 주었다.

준혁과 달리 다른 승객들은 패닉에서 빠져나오지 못하고 있었다.

"구조대는 금방 옵니다! 다행히 파도도 잔잔하니 몸을 뒤로 누이시고 손과 발을 천천히 놀리세요! 당황하지만 않으면 절대로 가라앉지 않습니다!"

준혁의 외침은 마력과 같은 효력을 발휘했다.

죽음의 문턱에 서 있던 승객들은 한줄기 빛을 발견한 듯 준혁의 말에 따랐다.

하지만 수영을 전혀 하지 못하는 승객도 있었다.

"헉헉! 살려……. 난… 수영을 못해요."

준혁은 가장 상태가 심각해 보이는 젊은 여성에게 다가갔다.

"침착하세요."

"푸~! 푸욱!"

수영을 못하는 조난자에게 정면으로 접근하는 일은 절대적으로 금물이다.

죽음과 조우한 조난자는 필사적으로 무엇이든 잡고 늘어지려 한다.

이런 경우 구조자까지 위험해질 수 있다.

준혁은 여성이 탈진할 때까지 기다렸다가 뒤에서 접근한 후 그녀의 겨드랑이 사이로 손을 넣어 흉부를 감싸 안았다.

"이제 됐어요. 안심하세요."

"아아악!"

어디서 그런 힘이 나는지 여성은 다시 몸부림치기 시작했다.

"괜찮아요, 괜찮아요. 이제 끝났어요. 안심하세요. 구조대가 오고 있어요. 이름이 뭐죠?"

준혁의 목소리는 나지막했지만 확신에 차 있었다. 그 영향 때문인지 여성도 조금씩 안정을 찾아가기 시작했다.

"마리아예요. 제발 살려주세요!"

"알았어요, 마리아. 절대로 놓지 않을게요."

준혁은 마리아를 안심시키며 열심히 한쪽 팔과 다리를 움직였다.

그렇게 짧고도 긴 기다림의 시간이 흘러가고 있었다.

준혁은 갑자기 나타난 밝은 빛에 눈을 감았다. 예상은 틀리지 않았다. 구조대가 도착한 것이 분명했다.

"서치라이트예요. 구조대가 오고 있습니다. 조금만 버티세요."

"다행이에요. 정말 다행이에요."

준혁은 눈을 가늘게 뜨고 빛에 시선을 집중했다.

불행하게도 상황은 생각대로 흘러가지 않고 있었다.

"……"

시선을 어지럽힌 빛은 서치라이트가 아니라 바다 위에 덩그러니 생겨난 엄청난 크기의 빛 덩어리에서 나오고 있었다.

바다 한복판에서 떠오른 태양 같은 빛 덩어리를 배경으로 바다의 여행자호의 검은 실루엣이 보였다.

그 순간 준혁은 빛 너머를 보았다.

"말도 안 돼."

두 개의 필름을 겹친 것처럼 두 개의 바다가 겹쳐 한 공간에 공존하고 있었다.

본능이 맹렬하게 경고를 보내왔다.

빛이 사라지면 바다의 여행자호 또한 사라지고 유라마저 잃을 것이라는 두려움이 준혁을 사로잡았다.

준혁은 마리아에게 말했다.

"바지를 벗어요."

"네?"

"더 이상 당신을 보호해 줄 수 없어요. 제가 보호해야 할 사람은 따로 있거든요. 전 가야 해요. 그러니 바지를 벗어요."

마리아는 굳은 준혁의 표정에서 그의 말이 사실임을 깨달았다.

서두르지 않으면 준혁은 진심으로 자신을 버릴 셈이다.

"알았어요."

준혁은 마리아가 벗은 바지의 끝단을 묶은 후 허리춤을 잡고 크게 휘둘러 공기를 집어넣은 다음 물속으로 집어넣었다.

"허리춤을 아래로 향하게 하면 공기가 빠져나가지 않아요."

젖은 천은 공기가 통하지 않는 원리를 이용해 만든 간이 튜브다.

바지 튜브를 마리아에게 넘긴 준혁은 미련없이 바다의 여행자호를 향해 헤엄치기 시작했다.

빛의 가장자리에 도착한 바로 그 순간 빛이 사라지고 준혁
과 바다의 여행자호는 전혀 다른 환경에 부딪쳤다.

잔잔한 파도는 온데간데없었고, 준혁은 살아남기 위해 필
사적으로 파도와 싸웠다.

한 시간, 두 시간, 세 시간…….

군 시절 사 년 동안 준혁은 인간의 한계를 시험하는 숱한
종류의 훈련을 통과했다. 그렇지만 대자연의 위력은 그의 신
체 능력으로 저항할 수 있는 상대가 아니었다.

견디기 힘든 고통스러운 시간의 끝이 다가왔고, 결국 준혁
은 의식을 잃었다.

Chapter 03
무인도

무언가 몸 위를 더듬으며 움직이고 있었다.

그 느낌은 너무나 익숙해서 호흡하는 것과 같은 감각이었다.

유라다.

매일 아침 유라는 희고 가는 손가락으로 가슴을 만지작거리는 행동으로 준혁을 꿈속에서 이끌어냈다.

"간지러워."

준혁은 팔로 유라를 감싸 안았다.

포근하고 따스한 그녀의 감촉을 느끼고 싶었다.

“……."

손이 허무하게 허공을 갈랐다.

유라는 없었다.

준혁은 눈을 떴다가 다시 감았다. 그리고 다시 떴다.

구름 한 점 없는 맑고 푸른 하늘이 보였다.

손에 모래가 만져졌다.

철썩!

파도 소리도 들렸다.

“……."

이제야 기억이 선명해졌다.

“모두 꿈이었던 것일까?”

지난밤 준혁은 럭셔리 크루즈 선 바다의 여행자호 갑판에 서 있었다.

바다의 여행자호는 원인을 모르는 커다란 충격을 받았고, 그 충격으로 준혁은 바다로 떨어졌다.

＊　　　＊　　　＊

몸을 일으키자 몸을 기어 다니던 손가락 마디만 한 크기의 작은 게들이 우수수 떨어졌다.

하얀 백사장과 병정들처럼 줄지어 도열한 야자나무가 눈

부신 해변이 보였다.

해변은 크루즈 여행 중 만났던 숱한 남국의 해변 중 하나처럼 보였다.

'어젯밤 일은 착각이었을까? 카리브 해 어딘가의 섬처럼 보이는데……. 아참!'

준혁은 바지 주머니에서 스마트폰을 꺼냈다.

당연하다면 당연한 일이지만 젖은 스마트폰은 켜지지 않았다.

"역시나… 일까?"

준혁은 스마트폰을 배터리를 분리해 모래 위에 올려놓았다.

표류라는 극한 상황에 처한 사람치고 준혁은 여유로웠다.

"요즘 세상에……."

21세기도 12년이 지났다.

로빈슨 크루소처럼 무인도에 표류해 십수 년을 사는 일은 불가능해진 세상이다.

"우선 물이 필요해."

몇 걸음 옮기지 않아 해변을 벗어났고, 넓고 푸른 잎의 낮은 관목과 양치식물이 빼곡한 숲이 발걸음을 붙잡았다.

준혁은 주변 식물을 꺾어 지나온 길을 표시하며 꾸역꾸역

앞으로 나갔다.

"이건 아디안템이네. 요놈은 안수리움. 아펠란드라 같은데?"

꽃집을 경영하는 유라 덕분에 준혁도 주워들은 풍월 수준을 넘어서는 열대식물에 관한 지식을 가지고 있다.

"어디 있나……."

준혁이 찾는 것은 넝쿨식물이었다.

열대에서 자라는 넝쿨식물 대부분은 줄기에 물을 함유하고 있고, 이 물은 고로쇠 수액과 비슷해 정수하지 않고도 마실 수 있다.

한 시간가량 밀림을 헤맨 후에야 준혁은 어디 있을지도 모르는 덩굴식물을 찾는 일의 무모함을 깨달았다.

지식이 살아 있는 것이 되려면 경험은 필수다.

정글에 대한 준혁의 지식은 모두 간접 경험으로 축척된 것이다.

군에서 받았던 생존 훈련에도 정글이란 장소는 상정되어 있지 않았다.

결국 준혁은 왔던 길을 돌아 나와 해변에 늘어선 야자나무 앞에 섰다.

"열대, 해변. 당연히 물은 야자수지."

　10여 미터 이상 하늘로 치솟은 야자나무가 승부욕을 자극
했다.

　"이렇게 해서 이렇게 하던데……."

　카리브 해 투어 중 현지인들이 야자 따던 모습을 본 적이
있다.

　준혁은 허리띠를 풀어 끝을 한 손에 감은 다음 야자나무에
둘러 나머지 한쪽을 다른 손에 감았다.

　"웃차!"

　준혁은 허리띠를 지지대 삼아 두 발을 야자나무에 올렸다.

　그리고 허리띠를 튕겨 올리고 그 높이만큼 다리를 끌어올
렸다.

　"완벽해."

　손을 당기자 다리가 가볍게 따라 올라갔다. 다시 허리띠를
튕겨 올리는 것도 쉬웠다.

　몸이 너무나 가뿐했다. 몸 상태가 군 시절의 그것을 두 배
쯤 상회하는 느낌이다.

　몇 시간 동안 풍랑과 싸우느라 체력이 많이 소진된 점을 고
려하면 확실히 이상한 일이다.

　"보람이 있었어."

　제대 후 대학을 다닐 때도, 직장을 다닐 때에도 운동을 쉬
지 않았다.

이 상황을 예상하진 않았지만 확실히 도움이 되고 있는 것
은 사실이다.

"유라의 말은 언제나 옳아!"

모든 공을 유라에게 돌린 준혁은 끌어당기고 올리는 행동
을 반복해 야자나무에 올랐다.

꼭대기에 오른 준혁은 섬을 둘러보았다.

"그리 큰 섬 같지는 않은데 말이지."

섬 중앙, 가장 높은 산의 방향을 머리에 새겨둔 준혁은 야
자열매를 따 떨어뜨리기 시작했다.

준혁은 여덟 개의 야자열매를 보며 고민에 빠졌다.

야자열매를 따는 일과 그 속의 물을 마시는 일은 전혀 다른
성질을 가지고 있다.

"어떡하지……? 이 모양이니 칼도 없고……."

준혁은 담배를 피우기 위해 갑판에 올랐다가 바다에 떨어
진, 재수 옴 붙은 경우다. 복장도 가벼웠고 주머니에 든 물건
도 없다.

준혁은 자신이 가진 물품을 모두 모아보았다.

말리고 있는 스마트폰, 물에 젖은 담배와 일회용 라이터,
군 시절부터 준혁의 손목을 지켜주고 있는 아웃도어용 다용
도 전자시계, 지폐 몇 장과 동전 몇 개가 전부다.

"하~ 스위스 아미나이프라도 한 개 있었으면 좋았을 텐
데……."

우선 준혁은 젖어 있는 라이터와 담배를 한참 햇볕에 구워
지고 있는 스마트폰 옆에 놓았다.

내친김에 축축한 옷까지 모두 벗어 펼쳐 놓고 나신이 된 준
혁은 야자열매를 보며 중얼거렸다.

"이가 없으면 잇몸이지."

퍽!

준혁은 야자열매 한 개를 야자나무에 내려쳤다.

"…뭐야. 쉽잖아."

어이없이 쉽게 야자열매에 금이 갔다.

야자열매의 물을 마시기 위해 숱한 고생을 하던 어떤 버라
이어티 프로그램의 연기자들 모습이 떠올랐다.

"역시 텔레비전은 과장이 심해."

준혁은 투덜거리면서 야자수를 마시기 시작했다.

미지근하긴 하지만 조금 달콤한 야자수가 이온음료처럼
몸에 흡수되었다.

"아, 살 것 같다."

갈증을 해결하니 이제야 겨우 머리가 돌아갔다.

숨을 돌린 준혁은 본격적으로 생존을 위해 움직이기 시작
했다.

준혁은 돌멩이들을 모아 모래사장에 'HELP'라는 글자를 만들기 시작했다.

세 시간에 걸쳐 폭이 10m도 넘은 글씨를 완성한 준혁은 이번에는 나뭇가지와 바나나 잎처럼 폭이 넓은 이파리들을 모으기 시작했다.

야자나무 밑에 넓은 이파리를 몇 겹으로 깔자 잠자리가 만들어졌다.

"비만 오지 말라고."

희망과는 다르게 먼 하늘에 몇 점의 검은 구름이 보였다.

준혁은 긴 나뭇가지를 세운 후 이파리를 걸쳐 간단한 지붕을 만들었다.

마지막으로 잠자리 바로 앞에 큰 돌멩이를 둥글게 세워 모닥불을 피울 장소도 만들었다.

다행히 열대의 태양이 젖어 있던 라이터를 바짝 말려주어 손으로 불을 피우는 수고는 덜 수 있었다.

불이 켜지는 라이터를 본 준혁은 혹시나 하는 마음에 스마트폰을 다시 조립해서 켜봤다.

역시 반응이 없었다.

"아직 노예 계약이 1년 넘게 남았는데…… 여행자 보험에서 보상이 되려나?"

남아 있던 야자열매 중 세 개를 마셔 갈증과 공복도 달랬다.

그리고 모닥불마저 피우고 나니 드디어 조난의 첫날밤이
다.

＊　　　＊　　　＊

양손으로 머리를 괴고 하늘을 바라보니 가끔 이런 낭만도
나쁘지 않다는 생각이 들었다. 물론 두 번 하라면 사양할 낭
만이기는 하다.

새삼 느끼지만 남국의 밤하늘은 서울에 비해 별이 많고 밝
았다.

"커도 너무 크잖아?"

이삼 일 후면 보름달이 될 것 같은 달마저 유달리 컸다.

달은 준혁이 애써 밀쳐 놓았던 유라에 대한 생각을 떠올리
게 했다.

"…유라."

유라는 보름달을 좋아했다.

그녀는 항상 달이 더 컸으면 좋겠다고 말했다.

유라가 보고 싶다.

그래도 다행이다.

유라는 바다의 여행자호에 타고 있었으니 안전할 것이다.

지난밤 거친 바다와 사투를 벌이느라 바다의 여행자호를

본 적은 없다.

그렇지만 준혁도 견딘 파도 정도로 거대한 크루즈 선에 문제가 생겼을 것 같지는 않았다.

"무리하지 말라고……."

나약해 보이는 겉모습과 달리 유라는 강인한 성격의 소유자다.

평소 그녀의 성격으로 미루어 유라는 자신을 찾기 위해 할 수 있는 모든 방법을 강구하고 있을 것이다.

준혁은 라이터와 함께 두어 바짝 마른 담배를 한 개피 입에 물었다.

"……."

라이터를 들고 잠시 망설이던 준혁은 다시 담배를 집어넣었다.

준혁은 벨리 댄스를 추는 무희처럼 흔들리는 모닥불의 불꽃을 바라보며 중얼거렸다.

"완벽한 밤이었는데……. 역시 담배를 끊어야 했어."

담배가 아니었다면 갑판에 나가지 않았을 테고, 그랬다면 지금 겪고 있는 조난도 없었을 것이다.

"유라……."

유라를 떠올릴 때면 언제나 어머니의 품에 안긴 듯한 따스함이 느껴졌다.

기분 좋은 노곤함이 밀려왔다.

조난과 표류, 생존이 겹친 하루였다.

준혁은 틱틱 하며 타오르는 모닥불 소리와 철석거리는 파도 소리를 자장가 삼아 잠에 빠져들었다.

Chapter 04
해적

　열대 해변에서의 하룻밤이 주는 낭만은 오랜만에 잔치를
벌이려는 모기들의 침공으로 산산이 부서졌다.

　거의 뜬눈으로 밤을 새운 준혁은 모기가 사라진 새벽녘에
서야 겨우 잠이 들었다.

　하지만 그것도 잠시, 밀려오는 더위와 지독한 배고픔에 다
시 눈을 뜨고 말았다.

　꼬박 하루 반나절 동안 야자수 이외에는 아무것도 먹지 못
했다.

　"하, 얼큰한 김치찌개에 밥 한 그릇 먹었으면 소원이 없

겠다."

먹을 것이라고는 어제 남겨두었던 몇 개의 야자열매뿐이다.

"이거라도 감사해야겠지."

고픈 배를 야자수로 달랜 준혁은 조난 2일째의 하루에 들어갔다.

준혁은 천천히 해변으로 걸어가 바닷물로 세수를 했다.

"비누가 필요해. 방법이 없을까?"

그의 행동 하나하나는 느리고 한가로웠고 어떻게 보면 태평하기까지 했다.

이런 느긋한 행동은 준혁이 의식한 것이다.

인간은 숨을 쉬지 않으면 3분, 물을 마시지 않으면 3일, 먹지 않으면 3주를 생존할 수 있다.

그런데도 조난자들은 물이 있음에도 3주까지 생존하지 못한다.

배고픔이 주는 공포다.

조난자는 고립감과 좌절감, 불안함을 견디지 못하고 정상적인 상황이라면 절대 먹지 않을 것들을 무작정 입에 집어넣는다.

"극한 상황에서 평정심을 잃는 것은 악어 입에 머리를 집어넣고 탭댄스를 추는 꼴이야. 결정은 신중하게, 행동은 최대한 천천히."

준혁은 의식적으로 현 상황을 즐기려 노력하고 있었다.

세수를 마친 준혁은 섬을 살펴보기로 결정했다.

따지고 보면 바다의 여행자호는 다음날 아침 플로리다 항에 도착할 예정이었다.

그렇다면 자신이 표류한 섬이 미국 본토와 가까울 것이라는 가정이 성립했다.

그 가정이 맞는다면 이 섬에 인간이 살고 있을 수도 있다는 의미와도 통한다.

"섬 너머에 인간이 살고 있는데 굶어 죽으면 웃기잖아?"

나뭇가지 한 개를 꺾어 지팡이를 만든 준혁은 그 지팡이를 정글도 삼아 수풀을 헤치며 정글로 들어갔다.

준혁의 목적지는 어제 보아둔 산이었다.

배가 고프다는 점만 빼면 여정은 즐겁다고까지 말할 수 있었다.

풍광은 생소했지만 아름다웠고, 기온도 열대라는 선입관을 배제하면 적당히 선선했다.

무엇보다 겪은 일에 비해 몸이 가벼워 좋았다.

“역시 사람은 맑은 공기를 마셔야 해.”

편하게 마음먹으니 주변도 더 잘 보였다.

준혁은 잎이 바늘처럼 뾰족한 나무에서 붉은 과일을 발견했다.

과일은 붉은 꽃이 겹겹이 싸여 만들어진 것처럼 보였다.

속을 갈라보니 싯누런 투명 젤리 질의 과육에 덮인 녹색 씨가 모습을 드러냈다.

“겉모습은 용과, 속은 패션프루츠와 비슷하긴 한데… 영 입맛을 당기진 않네.”

섭취 여부를 두고 한참 고민하던 준혁은 과일을 멀리 던져버렸다.

며칠이면 구조될 것이 뻔한 상황에서 모르는 과일을 먹어 위험을 감수하는 것은 불필요한 행동이었다.

“도박을 할 순 없어.”

붉은 과일 이후로도 세 종류의 과일이 더 발견되었고, 똑같이 버려졌다.

“차라리 발견을 못했으면 괴롭지나 않지.”

준혁의 투덜거림은 버리는 과일의 종류와 숫자에 비례해 심해지고 있었다.

본격적으로 산으로 접어들 무렵 신중함에 대한 보상이 찾아왔다.

"…물소리."

계곡이라고 하긴 어려워도 상당한 크기의 개울이 모습을 드러냈다.

반갑게도 물은 고여 있지 않고 흐르고 있었다.

바닥에 썩은 나뭇잎이나 이끼도 보이지 않았다.

무엇보다 준혁을 안심하게 만든 것은 맑은 물 그 자체였다.

허겁지겁 차가운 물로 목을 축인 준혁은 혹시나 하는 마음에 작은 돌들을 들췄다.

"역시!"

평온한 안식처를 침범한 적을 피해 빠르게 몸을 감추는 가재가 보였다.

독이 있을지도 모르는 과일과 민물 가재는 그 가치가 전혀 다르다.

준혁은 가재 사냥에 나섰다.

돌을 들출 때마다 가재가 보였다. 개울은 가재의 천국이었다.

별 어려움 없이 단숨에 20여 마리의 가재를 잡았다.

나뭇가지를 모아 불을 피운 준혁은 가재를 구울 넓은 돌을 닦으며 콧노래를 불렀다.

"상식 중엔 잘못된 것이 많지."

바다 생선은 회로 먹길 즐기면서 민물 생선은 회로 먹는 것을 기생충 때문을 꺼려 한다.

때문에 생겨난 것이 바다 생선이 안전할 것이라는 잘못된 선입관이다.

구워 먹는다는 전제가 있다면 민물 생선이 더 안전하다.

민물에서 사는 물고기는 복어같이 독이 있지 않다.

구워 먹으면 기생충의 위험에서도 안전하다.

갑각류가 완전히 익었음을 가늠하는 지표는 키틴질 표면의 색깔이다.

붉게 변하면 완전히 익었다는 신호다.

준혁은 가재를 껍질째 꼭꼭 씹어 먹었다.

맛은 작은 게와 비슷했지만 더 진했다.

게 눈 감추듯 20마리의 가재를 모두 먹어치운 준혁은 본격적인 산행을 시작했다.

산을 타기 시작한 지 네 시간 만에 준혁은 산 정상에 도착했다.

섬은 긴지름이 10㎞, 작은 지름이 5㎞ 정도인 타원형 형태를 가지고 있었고, 주위에 다른 섬의 모습은 보이지 않았다.

준혁은 시선을 섬 해변에 고정시키고 차근차근 인간의 흔적을 찾기 시작했다.

준혁이 표류했던 남쪽에는 아무런 흔적이 없었다. 동쪽, 서쪽도 마찬가지였다.

그렇지만 북쪽은 달랐다.

"…설마……."

준혁은 눈을 비볐다. 그리고 다시 확인했다.

잘못 본 것이 아니었다.

작은 만을 낀 곶의 튀어나온 벼랑에 가려진 배의 고물이 보였다.

바다의 여행자호였다.

게다가…….

중세시대에나 봄 직한 범선 다섯 척이 바다의 여행자호에서 불과 100미터 떨어진 해상에 떠 있었다.

"생뚱맞게 범선이라니……."

바다의 여행자호와 범선들 사이를 10여 척의 작은 보트가 분주히 왕복하고 있었다.

"구조대일까?"

구조선이라고 보기에 범선은 조금 생경한 존재였다.

한 척이 아니라 다섯 척이란 숫자도 그런 생각을 더 강하게 했다.

"유럽이나 미국의 억만장자들이 가진 요트나 범선이 많잖아. 아마도 근처를 유람하다가 구조 신호를 듣고 달려온 범선들이겠지."

준혁은 자신의 생각을 기우로 치부하고 머리에서 지워 버렸다.

생각을 바꾸니 기분이 좋아졌다.

"역시 내 판단이 옳았어. 괜히 계속 해변에 있었더라면 생고생할 뻔했잖아. 유라, 기다려. 내가 간다."

준혁은 해와 손목시계의 전자 나침반을 보고 바다의 여행자호가 있는 방향을 가늠한 다음 산을 내려가기 시작했다.

수풀을 헤치며 달리듯 걷는 일은 극심한 체력 소모를 강요한다.

하지만 한참을 달려도 숨이 차지도 않았고 그렇다고 힘이 들지도 않았다.

"확실히 몸이 가벼워. 어제보다 더 가벼운 것 같아."

가재 때문일 수도 있고 흥분해서 분비된 아드레날린 때문일 수도 있었지만 아무래도 좋았다.

바다의 여행자호가, 유라가 거기 있었고, 준혁에게 중요한 것은 그곳에 최대한 빨리 도착하는 것뿐이었다.

그렇게 세 시간을 내달리자 바다 특유의 비릿한 냄새가 바람을 타고 코끝을 자극했다.

드디어 해변에 도착한 것이다.

준혁이 도착한 장소는 작은 만을 사이에 두고 바다의 여행
자호가 멀리 보이는 해변이었다.

보트들이 바다의 여행자호에 어미 오리를 따르는 새끼 오
리처럼 달라붙어 있는 모습이 보였다. 뱃전에 드리워진 줄사
다리도 보였다.

그 모두가 구조를 위한 작업이라 생각하니 마음이 놓였다.

"이제 다 왔어."

준혁은 다시 걸음을 옮기려다 어떤 소리를 듣고 멈춰 섰다.

탕!

탕!

푸드드드득!

정글의 이름 모를 새들이 놀라 하늘로 날아올랐다.

준혁은 그 소리가 총소리라고 확신했다.

"소총은 아니고… 권총? 왜 이 상황에?"

아무리 생각해도 지금 총이 발사될 이유를 찾을 수 없었다.

조난당한 지 아직 채 이틀이 지나지 않았다.

그 짧은 시간 동안 잘 교육받은 부자들이 대부분인 승객들
이 패닉에 빠져 권총을 난사할 가능성은 한없이 제로에 가까
웠다.

"무엇보다 승객들이 권총을 가지고 있을 리 없잖아."

그렇다면 총은 바다의 여행자호에 탑승하고 있을 보안요

원의 것이거나 구조대의 것임이 분명했다.

설명하기 힘든 불길한 예감이 들었다.

준혁은 이동을 시작했다.

그의 목적지는 바다의 여행자호가 아니라 바다의 여행자
호가 환히 내려다보이는 절벽이었다.

절벽 위에 도착한 준혁은 몸을 감추고 바다의 여행자호를
살폈다.

승객과 선원들이 바다의 여행자호에서 가장 넓은 뒤 갑판
에 두 부류로 나뉘어져 모여 있었다.

대충 60퍼센트 정도 되는 비중을 가진 부류는 대부분 노인
들로 이뤄져 있었다.

럭셔리 크루즈인 관계로 승객의 대부분은 백인 노인층임
을 감안하면 그 비율은 확실히 타당했다.

나머지 40퍼센트 정도 되는 사람은 약간의 젊은 승객과 선
원들로 이뤄져 있었다.

승객과 선원들은 나이를 기준으로 구분되어 있었다.

'뭘 하려는 거지?'

준혁의 관심을 끈 것은 구조대원들이었다.

그들은 카리브 해를 배경으로 한 영화에 등장하는 해적처
럼 하나같이 낡고 더럽고 허름한, 통이 풍성한 양식의 옷을

입고 있었다.

"……?!"

선원들의 손에는 하나같이 크게 도신이 굽은 반월도가 들려 있었다.

검을 본 순간 등에 찬물을 끼얹은 것처럼 정신이 번쩍 들었다.

반월도는 조금 전 권총 소리처럼 현 상황에 절대 어울리지 않는 물건이다.

불길한 예감은 현실로 나타났다.

"안 돼!"

준혁은 소리를 질렀다.

해적처럼 보이는 사람들이 다짜고짜 검을 휘둘러 노인 승객들을 도륙하기 시작했다.

팔이, 목이, 다리가 허공을 날았다.

삽시간에 갑판은 피로 물든 지옥으로 변해 버렸다.

남은 선원과 승객들이 비명을 지르고 울음을 터뜨렸다.

해적들이 검을 휘둘러 그들을 위협했다.

비현실적인 상황. 모든 장면이 슬로비디오처럼 느리게 보였다.

"……"

아니, 현실이든 영화든 상관없었다.

준혁에게 중요한 것은 오직 한 가지였다.

"유라!"

준혁은 바다의 여행자호를 향해 정신없이 달리기 시작했
다.

Chapter 05
우르지 바르바롯사 파샤

　거대한 쿠션에 깊숙이 몸을 묻은 우르지 바르바롯사 파샤
가 끝이 반달처럼 휘어져 올라간 탐스러운 무스타슈 수염의
끝을 손가락으로 빙글빙글 말았다.

　선실 창문으로 들어온 햇볕에 우르지의 오동통한 손가락
마디마다 끼워진 반지의 붉고 푸른 보석이 아름답게 반짝거
렸다.

　하이레딘 바르바롯사의 표정이 변했다.

　그의 형이 수염을 돌릴 때는 매우 기분이 안 좋다는 신호
다.

하이레딘은 석상처럼 시립해 있는 함대의 대선장 무라디 시난에게 얼른 눈짓을 보냈다.

눈치 빠른 무라디가 와인 잔에 포도주를 가득 따라 우르지 파샤에게 공손히 내밀었다.

"파샤, 이 와인 잔의 두께를 좀 보십시오. 이렇게 얇고 투명한 유리잔은 본 적이 없습니다."

우르지가 와인 잔을 받으며 시큰둥하게 대꾸했다.

"그렇긴 하군."

"많이 깨지긴 했지만 이런 잔이 무려 천여 개입니다. 백옥같이 하얀 그릇도 같은 수량을 노획했습니다. 둘 다 북방대륙에 비싸게 팔릴 겁니다, 파샤."

돈 이야기에도 우르지는 굳은 표정을 풀지 않았다.

심사가 틀어져도 보통 틀어진 것이 아니었다.

고심하던 하이레딘은 비상의 수를 생각해 냈다.

"이 모두가 평소 형님 파샤께서 '하라두' 신께 제물을 아낌없이 바치신 덕입니다."

하이레딘은 이번 출항에 앞서 우르지가 하라두 신전에 무려 200마리의 양을 바친 사실을 지적했다.

우르지는 독실한 하라두 신도다. 하라두 신의 이름이 나온 이상 오늘 얻은 전리품에 더 이상 왈가왈부하는 것은 신에 대한 모욕이다.

신이 주신 것을 감사하게 받는다. 그것이 하라두 신자의 도리다.

"끄응."

우르지가 신음성을 내뱉었다.

동생 말이 맞다.

그래도 분통이 난다.

우르지는 엉뚱한 사람에게 화살을 돌렸다.

"역시 신전에 바친 양 중에 염소가 섞여 있었던 것이 분명해. 그래서 신이 노하신 거야. 돌아가면 양을 판 베두인 상인 놈의 목을 치겠어."

베두인 족은 사막의 유목민족이다. 그들은 전능하시고 유일하신 하라두 신을 믿지 않는다.

"당연히 그러셔야죠, 파샤."

하이레딘이 허리를 깊숙이 숙이며 찬성했다.

조금은 기분이 풀리는지 우르지는 와인을 단숨에 마시고 잔을 내려놓았다.

그 모습을 본 무라디가 재빠르게 질 좋은 담배가 든 물 담배 파이프를 가져다 주었다.

우르지는 물 담배를 한 모금 깊이 빨았다.

생각해 보면 이번 항해는 여러모로 이상한 점이 많았다.

일 년 중 여섯 번째 계절은 연중 기상 상태가 가장 좋아 남방대륙과 북방대륙을 왕래하는 상선들이 대거 상행에 나서는 시기다.

상선들은 북방대륙을 출발해 향유가 강처럼 흐르고 금덩어리가 돌멩이처럼 발에 차이는 남방대륙을 향해 일확천금의 꿈을 안고 출항한다.

수중 몬스터와 헤아릴 수 없이 많은 소용돌이가 존재하는 중앙해에서 북방대륙과 남방대륙을 잇는 물길은 오직 한 개, 미아헬모트 제도를 가로지르는 골든 씨호크 항로뿐이다.

미아헬모트 제도에 이리의 어금니처럼 자리 잡은 하이난 고람 토호연합국의 각 나라가 바빠지는 시기도 여섯 번째 계절이다.

마람파샬국의 수장 우르지 바르바롯사 파샤도 풍성한 수확을 위해 다섯 대의 사략 함대를 이끌고 바다로 나왔다.

행해의 시작은 더할 나위 없이 순조로웠다.

바람은 잔잔했고 파도도 숨을 죽였다.

약탈이 끝난 후 받을 분배금에 눈이 먼 선원들의 사기도 높았다.

이렇게 모든 조건이 완벽했음에도 이번 항해는 우르지가 경험한 50년에 걸친 항해 중 최악으로 손꼽힐 만했다.

한 달에 걸친 항해에서 우르지의 함대는 단 한 척의 상선도 만나지 못했다.

마람파샬국에 있어 1년 중 가장 중요한 행사가 물거품으로 돌아간 것도 부족해서 그를 더욱 열받게 만든 사건은 쓸쓸한 귀항 길에 만난 무니르 우웨이 파샤의 함대였다.

히야즈국의 수장 무니르 파샤가 이끄는 여덟 척의 함선은 홀수선이 잠겨 안 보일 정도로 금과 비단, 향료와 도자기들을 가득 싣고 있었다.

무니르 파샤의 히야즈국은 우르지 파샤의 마람파샬국과 국경을 맞대고 있는 나라다.

국경을 맞댄 나라가 사이좋기는 본처와 첩이 사이좋기를 바라는 것과 같다는 금언대로 두 나라는 대대로 앙숙 관계였다.

우르지 파샤는 무니르 파샤를 검은 멸치라 부르며 경멸했고, 무니르 파샤는 우르지 파샤를 핑크 돼지라고 놀려댔다.

어쨌든 우르지 파샤는 터번이 열릴 정도로 화가 났다.

항해 도중 무니르 파샤에게 겪어야 할 치욕을 견딜 수 없었던 우르지 파샤는 항로 우회를 결정했다.

그리고 그 항로에서 저 처치 곤란한 강철 덩어리를 만났다.

첫인상은 좋았다.

무엇보다 거대했고 창문마다 귀한 유리가 잔뜩 사용된 겉모습은 노다지 그 자체였다.

금덩어리가 가득 든 임자없는 보따리를 발견한 기분이 이런 것일까?

그런데 들뜬 기분도 잠시였다.

강철 덩어리의 실체를 알고 난 후로 우르지 파샤는 짜증을 넘어 울화통까지 치밀어 오르고 있었다.

우르지 파샤는 창문으로 다가가 하얗고 쓸데없이 크기만 한 강철 배를 보면서 혀를 찼다.

"쯧쯧쯧, 애물단지로고……. 아쉬운 점이 많아."

"아쉬운 점이라니요, 형님. 아까도 말씀드렸다시피 유리잔과 그릇만 해도 상당한 금액이 될 겁니다."

"그래봐야 그릇일 뿐이야. 유리컵이나 접시 모두 투명하고 하얗기는 하지만 세공이 없어. 게다가 승객들도 말도 안 통하는 평민들이잖아."

귀중품의 가장 중요한 조건은 질과 장식이다.

배에서 노획한 컵과 접시는 질은 좋았지만 장식이 없거나 형편없이 조잡한 장식만 되어 있었다.

또한 평민 1,000명의 가치가 귀족 한 명의 가치보다 못한 이유는 몸값 때문이다.

귀족이 사로잡히면 그가 속한 가문은 명예를 위해 기꺼이 몸값을 지불한다.

보통 귀족들의 몸값은 몸무게와 같은 무게의 금화로 정해진다.

하지만 평민은 다르다. 평민에게 몸값을 바라느니 그가 먹을 식량 대금을 오히려 청구해야 할 판이다.

하이레딘은 형님의 통찰력에 감복했다.

규모에 압도되어 인식하지 못했지만 듣고 보니 확실히 이상했다.

무식하게 몸체를 쇠로 만든 배는 본 적도 들은 적도 없다. 게다가 돛대도 노도 없으니 스스로 움직일 수도 없다.

분명히 쇠는 비싼 물건이다.

하지만 그것도 팔아먹을 수 있을 때의 일이다.

쇠를 자를 방법도, 싣고 가져갈 방법도 없으니 여우가 포기한 신 포도와 다를 바 없다.

배 안의 기물들도 처치 곤란하기는 마찬가지다.

의자와 테이블 등을 비롯한 기물들은 튼튼하고 정교해 보였지만 그것이 전부다.

부피가 커 가져갈 수도 없었지만 설령 가져간다 해도 바자르에 내놓을 물건이 아니었다.

대상들은 목숨을 걸고 사막을 건넌다.

그런 대상들에게 필요한 상품은 작고 귀한 물건이지 크기만 하고 값어치는 낮은 가구 따위가 아니다.

대부분의 물건이 그런 식이었다.

가구도, 샹들리에도, 벽지도, 카펫도, 그림도 분명 아름다
웠지만 자세히 들여다보면 싸구려였다.

'귀족들의 물건을 값싸게 흉내 낸 모조품에 지나지 않아.'

그것이 하이레딘의 결론이었다.

하이레딘은 탁자 위에 수북이 쌓인 귀중품 중 한쪽이 긴 십
자 형태의 목걸이 하나를 집어 들었다.

"하~! 이 물건을 만든 장인은 어떤 심미안을 가지고 있는
인간일까?"

저 배의 모든 물건처럼 목걸이는 아름답지도 무겁지도 않
았다.

더군다나 사용된 금은 불순물이 잔뜩 함유된 잡금이었
다.

당장 하이레딘이 끼고 있는 순금 팔찌만 해도 이런 목걸
이 100개는 녹여야 겨우 비슷한 무게가 될 정도로 무거웠
다.

"아무리 평민이지만 저런 거지들은 살다 살다 진정 처음
봤습니다. 어떻게 단 한 개의 금화도 가지고 있지 않을 수 있
는지 이해가 가지 않습니다."

우르지가 던져둔 은제 물 담배 파이프를 치우던 무라디도
맞장구쳤다.

분통이 터졌는지 무라디는 더 강한 어조로 말했다.

"저들이 가지고 있던 잡동사니들도 그렇습니다. 하나같이 괴상하기만 하지 도무지 쓸모를 모르겠습니다. 그렇다고 옷도 쓸 만한 것이 아닙니다. 비단이나 모슬린, 비로드와 비슷한 옷은 있지만 다른 물건들처럼 모두 가짜입니다."

무라디에게 하얀 배는 가짜투성이인 쓰레기통이었다.

쓰레기통에도 쓸모있는 물건은 있었다.

"유리가 정말 아까우이."

"그렇습니다. 하루만 더 시간이 있었어도 상당히 많은 양을 가져갈 수 있었을 텐데요."

하얀 배에는 귀하디귀한 두껍고 투명한 유리가 문으로, 창문으로 지천으로 사용되어 있었다.

가져가면 큰돈은 아닐지라도 상당한 금액이 될 것이 분명했지만 문제는 무라디의 말처럼 시간이었다.

지금도 귀항 시간이 아슬아슬한 형편이다.

아무리 아쉬워도 유리와 함대 전체의 안전을 맞바꿀 수는 없었다.

하이레딘은 아쉬움의 한숨을 쉰 후 무라디에게 물었다.

"자네는 저들이 어디서 온 것 같나?"

무라디가 잠시 고민하더니 대답했다.

"강철을 풍부하게 사용하는 점이나 귀한 유리가 흔하게 사용된 점으로 보아 아마도 북방대륙 로테야드 제국의 유민이 아닐까 합니다.”

“신의 노여움을 받아 하룻밤 사이에 멸망했다는?”

“그렇습니다.”

“흠, 로테야드라······.”

두 사람의 대화에 우르지가 불쑥 끼어들었다.

“저런 배 같지도 않은 철 상자를 만들어 바다로 나올 겁없는 인간은 그들밖에 없지.”

하이레딘은 얼른 우르지의 비위를 맞췄다.

“역시 그렇습니다, 형님 파샤. 워낙 기괴한 짓을 많이 해서 북방대륙에서는 미친놈과 로테야드가 같은 의미로 쓰인다 합니다.”

북방대륙에서도 최북단 동토의 땅에 로테야드라는 이름을 가진 제국이 있었다.

북방대륙의 최강자로 군림하던 로테야드 제국은 30년 전 신의 노여움을 받아 단 하룻밤 사이에 불의 벌을 받고 멸망했다.

제국이 멸망하고 삶의 터전을 잃어버린 유민들이 대륙을 떠돌기 시작한 것도 그즈음이었다.

신에게 버림받은 로테야드의 유민들을 북방대륙의 어느 나라에서도 받아들이려 하지 않았다.

갈 곳을 잃은 유민들은 바다를 통해 남방대륙으로 향하기 시작했다.

하이난고람 토호연합국의 주신이 '하라두'이듯이 남방대륙의 신과 북방대륙의 신은 서로 달랐다.

북방의 신께 버림받은 자신들이라도 남방의 신은 받아주리라는 믿음 하나로 유민들은 거친 바다에 몸을 던졌고, 그것이 15년이 넘는 유랑의 시작이었다.

하이레딘은 무언가 이상한 듯 고개를 갸웃거렸다.

"최근 15여 년 사이에 유민들을 본 기억이 없습니다. 저들이 입고 있는 옷도 일전에 보았던 로테야드 유민들과는 다르게 보이는군요."

"15년은 짧은 세월이 아니지. 그건 그렇고, 서둘러야 한다. 축복받은 6월이 불과 사흘밖에 남지 않았어. 항구로 돌아가기에도 빠듯해."

미아헬모트 제도의 골든 씨호크 해로가 열리는 기간은 일 년 중 단 한 달 6월뿐이다.

나머지 기간 동안 미아헬모트 제도는 악마가 지배하는 죽음의 바다로 변한다.

그중에서도 바다가 가장 거칠어지는 시기가 죽음의 7월이다.

하이레딘이 다시 한 번 아쉬움을 토로했다.

"시간이 조금만 더 있었다면 유리만이라도 가져다 팔 수 있었을 텐데요. 바다의 악마들이 유리를 모래로 만들어 버리겠죠?"

"어쩔 수 없는 일. 바다에서 과욕은 절대 금물이다. 너도 알지 않느냐."

"알죠. 압니다만 그래도 아깝긴 합니다."

우르지와 하이레딘 형제가 시간없음을 안타까워하고 있을 때 문이 열리면서 중년 남자가 들어왔다.

선단의 넘버 3이자 대선장이면서 바르바롯사 형제의 시종 노릇을 하고 있던 무라디가 반색하며 남자를 반겼다.

"오, 핫산 선장, 어떻게 되었나?"

얼굴 전체가 검은 수염으로 뒤덮여 강인한 인상을 보이는 남자가 절도있게 고개를 살짝 숙였다.

남자의 이름은 핫산 아가. 바르바롯사 가문, 사략 선단의 기함인 자하비 주말[황금낙타]호의 선장이다.

"포로의 숫자는 모두 360명으로 파악됐습니다. 그런데 대다수가 노인이라서 노예로 팔 만한 인간이 거의 없습니다."

"그래? 거참……."

"쓸모없는 240명은 참해 바다에 던져 버렸습니다. 남은 인원은 120명입니다."

"수고했네. 그들의 영혼은 자신들이 믿는 신이 거두어 주시겠지. 그건 그렇고……."

무라디가 말꼬리를 흐렸다.

평생을 바닷사람으로 생사를 함께한 핫산 선장이 무라디가 하고 싶어 하는 말의 뜻을 모를 리 없다.

그는 송구하다는 표정으로 말했다.

"쓸 만한 젊은 여자는 열두 명뿐입니다."

젊고 아름다운 여자는 돈이 된다.

무엇보다 우르지의 불편한 심경을 누그러뜨려 줄 수 있다.

하지만 고작 열두 명 중에서 우르지의 마음에 들 여자를 찾는 일은 모래알에서 금을 찾는 것보다 어렵다.

우르지의 안색을 살핀 무라디가 핫산의 손에 들린 물건을 발견했다.

"손에 든 그건 뭔가?"

핫산은 물건을 내밀었다. 손바닥만 한 크기의 물건은 강철로 만들어져 있고 구멍이 뚫려 있었다.

"선원이나 군인으로 보이는 한 명이 사용한 물건입니다. 엄청난 소리와 함께 저희 선원 두 명이 죽었습니다. 무기로 보입니다."

"선원이 죽었다고?"

"천둥소리가 났고 선원의 가슴에 손가락이 들어갈 정도 크기의 구멍이 뚫렸습니다."

하이레딘의 표정이 밝아졌다.

"소리와 함께라……. 혹시 마법 아티펙트인가?"

"아마도 그런 것 같습니다."

마법 아티펙트는 귀한 물건이다.

더군다나 무기라면 그 가치가 급상승한다.

흥분한 하이레딘이 몸을 숙이며 물었다.

"혹시나 이런 물건이 더 있던가?"

"최대한 뒤져 봤지만 같은 물건을 발견하지는 못했습니다. 마법 아티펙트를 알아볼 수 있는 사람도 없는 상황이라……."

"그건 그렇지. 어쩔 수 없는 일이야. 아티펙트를 전공한 학자를 초빙해서 다시 오고 싶어도 그럴 수도 없는 상황이니……. 아쉽지만 어쩔 수 없어. 죽은 선원들의 가족에게는 충분한 보상을 해주게."

"알겠습니다, 하이레딘님."

죽음의 7월만 아니라면 선원들을 풀어 몇 달이라도 샅샅이 뒤지고 싶다.

하지만 그럴 수 없다.

하이레딘은 우르지의 표정을 살피기 위해 시선을 돌렸다.

우르지는 대화를 듣고 있지 않았다.

대신 비대한 몸을 창문에 붙이고 탄성을 내뱉고 있었다.

"동생, 저것 좀 보라고. 대단하구만."

부름을 받은 하이레딘이 창문으로 다가갔다.

우르지가 가리킨 해변에서는 한 남자가 양 떼에 뛰어든 늑대처럼 선원들을 휘젓고 있었다.

"저런… 저런……. 유민들 중에도 기사는 있었군요."

"없는 것이 더 이상하지. 하지만 이상하구나."

"아둔한 저는 형님 파샤가 어떤 점을 말씀하시는지 모르겠습니다."

"머리카락이 검어."

"……."

우르지 파샤가 하는 말의 의미를 몰라 머뭇거리는 하이레딘 대신 무라디가 나섰다.

"아마도 남방대륙의 무사로 보입니다."

"왜 그가 유민 틈에 끼어 있었을까?"

"고향으로 돌아가는 무사겠지요."

남방대륙의 무사들은 북방대륙의 귀족들에게 인기가 많았다.

갑주를 입지 않아 대규모 전장에는 쓸모가 없었지만 개인의 무술이 경호에 안성맞춤이다.

그래서 귀족들 사이에는 남방무사를 개인 경호원으로 고용하는 일이 일종의 유행처럼 번져갔다.

하니 계약을 마치고 고향으로 돌아가는 배편을 찾던 무사가 유민 틈에 끼었다고 해도 이상할 일은 아니었다.

한가롭게 남방무사 타령을 하는 세 사람과 달리 소중한 선원들이 죽어가는 모습을 보는 핫산 선장의 얼굴은 딱딱하게 굳어가고 있었다.

또 한 명의 선원이 날아가자 참다못한 핫산 선장은 말했다.

"선원의 피해가 너무 커지는 것 같습니다. 제가 가보겠습니다."

핫산 선장이 대답도 기다리지 않고 선실을 나가려 하자 우르지가 그를 불러 세웠다.

"괜찮아. 아크랩이 움직였을 거야. 안 그래, 콜론?"

지금 선실에는 네 사람, 우르지와 하이레딘, 무라디, 핫산뿐이었다.

아무리 둘러봐도 선실에는 콜론이란 사람의 모습은 보이지 않았다.

"모든 일은 파샤의 뜻대로……."

어디선가 남성인지 여성인지 구분하기 힘든 중성적인 목소리가 들렸다.

목소리가 들리자 하이레딘과 무라디, 핫산이 고개를 끄덕였다.

아크랩은 바르바롯사 가문의 친위 암살단의 이름이다.

아크랩이 나섰다면 문제는 이미 해결된 것이나 다름없다.

"죽이지는 말라고. 흥미가 생겼어."

"파샤의 뜻대로……."

목소리가 다시 한 번 대답했다.

Chapter 06
마법사

　준혁은 달리는 탄력 그대로 놀란 적의 얼굴에 주먹을 내질
렀다.

　퍽!

　우직!

　적의 광대뼈가 뭉개지는 기분 나쁜 느낌이 주먹을 타고 전
해졌다.

　달려드는 적을 피하고 움츠린 몸을 펴며 손바닥으로 턱을
올려쳤다.

　으직!

적은 목뼈가 부러졌는지 머리가 기묘한 각도로 꺾여 뒤로 날아갔다.

맞닥뜨린 적을 모두 이런 식으로 넘어뜨렸다.

"…도무지……."

이해하기 힘들었다.

얼굴뼈를 맨주먹으로 박살 냈다. 손바닥으로 목뼈를 부러뜨렸다.

인간이 할 수 있는 일이 아니다.

그런데 그런 일이 한 번도 아니고 계속 일어났다.

"생각은 나중에……."

준혁은 날아오는 칼을 뒤로 넘어지면서 피한 다음 다리로 적의 사타구니를 올려 찼다.

퍽!

정통으로 맞았는지 무언가가 뭉개지는 느낌과 함께 적이 살짝 들렸다 뒤로 넘어갔다.

급소를 맞은 적은 눈을 뒤집곤 게거품을 물고 버둥거렸다.

준혁은 적이 떨어뜨린 반월도를 집어 들고 적을 향해 휘둘렀다.

"네놈들의 정체가 뭐야?"

"#*#@(%@$!"

"$*%#&%*@@($*!"

말이 통하지 않았다. 적의 언어는 악센트가 흐릿하고 성조가 있어 아랍어 같기도 하고, 태국어 같기도 했다. 다른 한편으로는 아랍 사람이 영어를 하는 것처럼 들리기도 했다.

"$&#%*&@*$##$#@."

"@$#&%*@&#."

적들은 단숨에 여덟 명을 해치운 준혁의 실력에 놀랐는지 고함만 질러댈 뿐 쉽게 다가오지 못했다.

벼랑에서 봤듯이 적들은 아라비안나이트에 등장하는 선원 같은 복장을 하고 있었다.

아주머니들이 즐겨 입는 통이 넓은 일바지와 폭이 넓은 허리띠, 그리고 짧은 조끼, 끝이 뾰쪽하고 굽은 가죽신발이 그런 생각을 뒷받침했다.

'이럴 때가 아닌데……'

시간은 준혁의 편이 아니었다.

준혁은 강행 돌파를 결심했다.

지금의 몸 상태라면 적들을 어렵지 않게 통과할 수 있을 것 같았다.

생각은 곧바로 행동으로 이어졌다.

"와아아악!"

칼을 크게 휘둘러 적들을 움찔하게 만든 준혁은 그대로 돌진했다.

당황한 적 두 명이 준혁의 머리와 몸을 노리고 칼을 휘둘렀
다.

캉!

카캉!

준혁은 한칼에 두 자루의 검을 동시에 쳐냈다.

어처구니없게도 적들은 검을 놓쳐 버렸다.

'이놈들, 그냥 양아치 아냐?'

적들은 정식으로 전투 훈련을 받은 적이 없는 것 같았다.

조금 전 격돌도 그렇고 이번 격돌도 그렇고 적들은 이상하
리만큼 허약했다.

"모두 네놈들이 자초한 일이야."

노인들이 학살당하는 모습을 본 순간 준혁은 심리적 제한
을 모두 풀어버린 상태다.

칼을 놓쳐 버린 두 명의 적 중 한 명의 팔을 눈을 질끈 감고
날려 버린 준혁은 또 한 명의 가슴을 발로 내질렀다.

우직!

"크아아악!"

적이 피를 토하며 삼사 미터를 날아갔다.

갈비뼈가 함몰되는 감각이 발을 통해 느껴졌다.

처참하게 당하는 동료의 모습을 본 적들에게서 공포의 감
정이 느껴졌다. 적들은 달려들기는커녕 꼬리를 말고 슬금슬

금 뒤로 물러났다.

"죽기 싫으면 물러나."

준혁은 적들을 위협하며 바다의 여행자호로 달려갔다.

아니, 달려가려 했다.

"……."

그러던 와중에 준혁은 유라를 발견했다.

유라는 몇몇 사람들과 함께 보트에 태워져 범선으로 옮겨지고 있었다.

"유라~!"

눈이 뒤집혔다.

준혁은 유라를 향해 달리기 시작했다.

몇몇 적이 영감하게 준혁의 앞을 막아섰지만 방법이 없었다.

준혁은 양 떼에 뛰어든 늑대처럼 적을 차고 때리고 잘라냈다.

잘려 나간 다리가, 팔이, 머리가 허공으로 비산했다.

피가 분수처럼 쏟아져 몸을 적셔도 준혁은 눈을 감지 않았다.

아니, 감을 수 없었다.

준혁의 시선은 유라에게 접착된 듯 고정되어 있었다.

피를 뒤집어쓴 준혁의 모습은 악귀와도 같았다.

적들도 질렸는지 몸을 빼기 시작했다.

해변까지의 거리는 불과 50미터 정도였고, 준혁을 막아서는 적은 없었다.

하지만 준혁은 해변으로 가지 못했다.

'땅에서 솟았어.'

믿기지 않지만 실제로 그랬다.

괴인은 땅에서 솟은 듯 나타났다.

괴인은 아랍 여인들이 입는 부르카처럼 생긴 검은 옷을 온몸에 두르고 있었다.

"##**&%&##$@@%$!"

"비켜!"

괴인은 비키기는커녕 한 걸음 다가왔다.

평범한 행동이지만 준혁은 엄청난 압박감을 느꼈다.

압박감은 준혁의 행동을 제약했다.

움츠린 준혁에게 괴인은 천천히 다가왔다.

그 모습은 너무나 여유로워서 집 앞을 산책 나온 고양이의 걸음 같았다.

더불어 그 어떤 긴장감도 느껴지지 않았다.

'위험해. 저런 놈은 한 번도 본 적이 없어.'

준혁은 본능적으로 한 걸음 뒤로 물러났다.

준혁은 물러나고 괴인은 새처럼 고개를 까닥이며 다가왔다.

“…….”

준혁은 유라가 탄 보트를 봤다.

보트는 시시각각 멀어지고 있었다..

준혁의 입장에선 더 이상 물러설 수 없었다.

도망칠 수도 없었다.

유라가 느끼고 있을 공포의 감정이 준혁을 움직이게 했
다.

“유라!”

준혁은 오른쪽 발을 힘차게 내디디며 반월도를 휘둘렀다.

괴인은 검을 피하지 않았다.

그저 권태로운 움직임으로 한 손을 들어 준혁의 반월도를
막아냈다.

반월도가 괴인의 손목 어림에 부딪쳤다.

깡!

“컥!”

쇠파이프로 바위를 내려쳤을 때와 같은 고통이 준혁의 손
아귀를 찢어놓았다.

준혁은 오른팔을 늘어뜨리고 뒤로 물러섰다.

그 모습을 본 괴인이 웃었다.

“호호호호호.”

목소리의 주인공은 놀랍게도 여성, 그것도 젊은 여성이

었다.

＊　　　＊　　　＊

괴인은 강했다.

'내가 이길 수 있는 상대가 아니야.'

생각과 달리 준혁의 몸은 움직이고 있었다.

유라를 볼 수 없을 것이란 상상력이 만들어낸 무모함이었
다.

준혁은 검을 왼손으로 넘겨 역수로 잡았다.

아직 힘이 돌아오지 않은 오른손은 괴인과 자신의 얼굴 사
이에 놓았다.

괴인은 준혁의 행동을 보고 습관처럼 고개를 갸웃거렸다.

준혁은 괴인의 얼굴을 덮은 망사의 흔들림을 주시했다.

"흡!"

괴인이 숨을 내쉴 때 숨을 들이마심으로 호흡을 엇박자로
만든 준혁은 움직이기 시작했다.

팟!

먼저 발로 모래를 차올렸다.

인간의 감각은 묘한 구석이 있어 아무리 위급한 상황에 처
해 있더라도 순간적인 자극에 시선을 뺏기는 경향을 노린 행

동이다.

준혁은 그와 동시에 뛰어들며 몸을 돌려 반월도를 쳐올렸다.

"……."

괴인의 반응은 준혁의 상상을 아득히 뛰어넘고 있었다.

괴인의 두 손이 기묘하게 교차하며 흔들렸다. 그 움직임이 보이지 않는 방패처럼 모래를 막았다.

동시에 손으로 반월도를 막아왔다.

깡!

같은 상황이 반복되었다.

극심한 반탄력이 왼손 손아귀를 마저 찢어놓았다.

준혁은 반월도를 놓치고 말았다.

괴인의 손이 번쩍 빛나는 것 같았다.

그 순간 준혁은 의식을 잃었다.

*   *   *

우르지 파샤는 황금 낙타가 정교하게 금실로 수놓아진 쿠션에 몸을 깊숙이 묻었다.

속이 훤히 들여다보이는 하얀 망사 바지와 은실로 꽃문양이 화려하게 수놓아진 배꼽이 드러나는 웃옷을 입은 여인이 과일이 담긴 은쟁반을 내밀었다.

여인은 눈을 제외한 얼굴 전체를 하얀 망사로 가리고 있었다.

우르지 파샤는 통통한 손가락으로 은쟁반에 담긴 꿀에 절인 대추야자 한 개를 집어 입에 넣었다.

천천히 대추야자를 음미한 우르지 파샤가 말했다.

"역시 6월의 대추야자는 천상의 맛을 지녔구나, 아르쥬."

아르쥬는 향유를 뿌린 물수건으로 우르지 파샤의 손가락을 닦으며 대답했다.

"하라두 신의 은총이 땅을 살찌우고 파샤의 은덕을 입은 농부가 열심히 대추야자나무를 가꾼 덕입니다."

듣기 좋은 말이다.

기분이 좋아진 우르지 파샤는 한 개의 대추야자를 더 맛본 다음 물었다.

"그래, 어떻더냐?"

우르지 파샤의 질문에 아르쥬가 대답했다.

"쓸 만합니다, 파샤."

"오오라, 네가 쓸 만하다고 할 정도면 꽤 괜찮다는 의미렷다?"

"파샤의 뜻대로 이뤄질 것입니다."

"그래? 내년 대전이 벌써부터 기대되는구나."

"2년 전의 치욕을 씻을 것이옵니다, 파샤."

"너답지 않은 장담이로구나. 믿겠다. 이루어지면 너에게도 큰 상이 있을 터. 무슨 상이 좋을까?"

"……."

상이란 말에 아르쥬의 눈이 눈에 보이게 흔들렸다. 자유도 많은 돈도 필요없었다. 그녀가 원하는 것은 오직 한 가지였다.

"저… 제 동생이……."

"아, 그렇구나. 네 동생이 소금 광산에 있지?"

"그, 그렇습니다, 파샤."

"좋다, 내 너의 동생을 소금 광산에서 꺼내주마. 콜론, 괜찮겠나?"

우르지 파샤가 천장을 보며 말했다.

천장에서 목소리가 흘러나왔다.

"파샤의 뜻대로 이루어질 것입니다."

우르지 파샤가 싱긋 웃으며 말했다.

"그렇다는구나, 아르쥬."

"감읍할 따름입니다, 파샤. 신명을 바쳐 기필코 대공을 이루겠습니다."

아르쥬는 머리를 조아렸다.

똑똑!

노크 소리와 함께 하이레딘이 선실로 들어왔다.

"준비됐습니다, 형님."

"그래? 들여보내라."

우르지 파샤가 살짝 은쟁반을 밀었다. 아르쥬는 쟁반을 치운 다음 다시 정성스럽게 우르지의 손을 닦았다.

하이레딘은 열두 명의 여인을 데리고 들어왔다.

여인들의 목에는 튼튼해 보이는 쇠고리가 채워져 있었다. 그리고 그 쇠고리들은 사슬로 엮여 있었다.

우르지 파샤는 여인들을 한 명 한 명 유심히 살피기 시작했다.

여인들은 하나같이 생소한 양식의 옷을 입고 있었고 머리의 형태도 제각각이었다.

"확실히 이상해 보이는군."

"그렇습니다, 형님. 특히 이 여인을 보십시오. 몸이 검습니다."

하이레딘이 흑인 여인의 목에 걸린 사슬을 끌어당겨 우르지 파샤의 앞으로 밀었다.

"Please help me."

여인이 울부짖으며 애원했다.

"무슨 소린지는 모르겠다만 검은 몸이라……. 신기하긴 신기하구나."

"중앙해 건너편에 있다는 튤사 대륙의 여인이 아닐까요?"

"튤사 대륙은 아이들의 전설일 뿐이다."

우르지 파샤는 손가락으로 여인의 검은 몸을 만졌다. 다른 여자들과는 다른 탄력이 느껴졌다.

"특이한 취향이 있는 부호를 잘 만나면 흔쾌히 큰돈을 지불할 것이다. 하지만 내 취향은 아니다."

"저도 그렇게 생각했습니다, 형님."

우르지 파샤의 말에 맞장구친 하이레딘이 손바닥을 한 번 치자 부하 두 명이 들어와 울부짖는 흑인 여자를 끌고 나갔다.

우르지 파샤의 까다로운 품평은 계속됐다.

"주근깨가 많아. 눈꼬리가 너무 높아. 입술이 두터워. 가슴이 빈약해. 가슴이 너무 커."

여인의 숫자가 줄어들수록 품평은 더욱 신중해졌다.

이제 남은 여인은 금발과 갈색 곱슬머리, 그리고 검은 긴 생머리의 세 여인뿐이었다.

우르지 파샤는 검은 머리의 남방족 여인에게 관심을 보였다.

"오호, 넌 눈물을 흘리지 않는구나."

다른 여인들이 울고 불며 난리를 친 반면 남방족 여자는 미동도 없이 초점없는 눈으로 우르지 파샤를 바라볼 뿐이었다.

"남방 여자들은 남자에게 순종적이라고 하더니……. 이미 체념한 모양이구나. 남방족치고는 피부도 하얗고……. 좋다, 오늘은 이 아이로 하겠다."

우르지 파샤의 선택이 끝나자 잠자코 품평하고 있는 모습을 보고 있던 아르쥬가 나섰다.

"따라와요."

말은 몰라도 손짓은 이해했는지 남방여인은 말없이 우르지의 뒤를 따랐다.

자신의 선실에 도착한 아르쥬는 손가락으로 자신을 가리키고 다시 그녀를 가리키며 말했다.

"난 아르쥬. 넌?"

"아르쥬?"

여자는 아르쥬의 질문을 이해한 모양이다.

"그래, 아르쥬. 내 이름이야. 너의 이름은 뭐지?"

"유… 라."

"유라?"

어디선가 들어본 이름이다.

'내가 붙잡은 남자가 유라라고 소리쳤어.'

두 사람이 연인, 혹은 부부일지도 모른다는 생각이 들었다.

하지만 무슨 상관이랴.

자신이 그랬듯이 유라와 그 남자도 다시는 서로 만나지 못할 것이다.

아르쥬는 유라의 손을 잡았다.

운이 좋아 파샤가 마음에 들어 하면 하렘에 소속될 수도 있을 것이다. 그렇지 않다면 팔려갈 것이다.

유라를 살 주인이 어떤 사람일지는 '하라두' 신 외에는 누구도 알 수 없다.

확실한 사실은 유라를 비롯한 여자들에게 펼쳐질 앞날이 지옥이란 점이다.

"유라? 좋은 이름이야. 이제부턴 네가 하기 나름이야. 최소한 넌 다른 여자들과 달리 기회라도 잡은 거야. 파샤는 좋은 분이라고."

알아듣지는 못하겠지만 아르쥬는 유라에게 이런저런 설명을 해주었다.

신기하게도 유라는 고개를 끄덕이며 아르쥬의 말을 알아듣는 것처럼 행동했다.

"똑똑한 사람이구나. 이제 넌 파샤를 모시기 위해 목욕하고 단장을 할 거야. 다시 당부하지만 성심을 다해 모셔서 파샤의 마음에 들길 바라."

아르쥬는 유라를 향유를 푼 물로 목욕시키고 자신이 입고 있는 옷과 똑같은 복장으로 갈아입힌 후 이런저런 장신구를 달았다.

마지막으로 조그만 사향 주머니까지 채운 아르쥬는 유라를 우르지의 방으로 데려갔다.

*　　*　　*

계획대로 바다의 여행자호가 빛을 통과했다.

유라는 이 순간만을 위해 15년이란 긴 시간을 지구란 생소한 환경을 견뎌왔다.

이제 세상은 구원받을 수 있다.

환희도 잠시……

바다의 여행자호 어디에도 준혁의 모습이 보이지 않았다.

뒤이어 몇몇 승객이 사라졌다는 소식이 알려졌다.

빛 이전에 충돌이 있었고, 그 충돌의 충격으로 갑판에 있던 승객 대부분이 바다로 팅겨져 나갔다는 증언이 이어졌다.

혹시나 하는 마음에 유라는 바다의 여행자호를 샅샅이 뒤졌다.

그 어디에서도 준혁의 모습은 보이지 않았다.

유라는 계획이 마지막 단계에서 뒤틀렸다는 사실을 인정해야 했다.

그리고 범선이 나타났다.

유라는 범선의 정체를 알고 있었다.

하이난고람의 하이에나, 미아헬모트 제도의 지배자, 사막의 방울뱀, 바다의 용사.

칭하는 명칭은 많았지만 그중에서 저들의 특질을 가장 잘 알려주는 단어는 오직 한 가지였다.

"해적."

객실로 돌아온 유라는 목에 걸고 있던 목걸이를 풀었다.

지구에 도착한 이후 단 한 번도 풀어본 적이 없는 목걸이다.

잠시 목걸이를 바라보던 유라는 목걸이 뒤편의 작은 문양을 살짝 어루만졌다.

스팟!

목걸이에서 감당할 수 없을 만큼 밝은 빛이 퍼져 나왔다가 거짓말처럼 사라졌다.

멀리서 비명 소리가 들렸다.

유라는 손수건 한 장을 꺼냈다.

그리고 손수건에 목걸이를 곱게 싼 다음 침대 틈에 살며시 숨겼다.

쿵!

객실 문이 열렸다.

해적들이 들어왔다. 그들은 반월도를 휘두르며 유라를 위협했다.

유라는 순순히 그들이 이끄는 대로 행동했다.

계획은 실패했지만 목숨을 버리기는 일렀다.

그녀에게는 아직도 임무가 남아 있었다.

보트에 태워져 범선으로 옮겨가는 동안 유라는 준혁이 자신을 부르는 목소리를 들은 것 같았다.

"……."

고개를 돌려보았지만 준혁의 모습은 없었다.

그저 검은 부르카를 입은 사람이 쓰러진 어떤 남자를 들쳐 메는 장면을 보았을 뿐이다.

이후 선창에 갇히고, 불려 나오고, 돼지 같은 남자에게 선택받아 이렇게 밤 시중을 들 준비를 하는 동안에도 유라는 오직 한 가지만 생각하고 있었다.

'준혁……. 아, 신이시여…….'

그들이 다시 돌아온 지 벌써 30년이 지났다.

신도 그들의 힘 앞에 고개를 돌렸다.

준혁은 이 세상의 유일한 희망이었다.

*　　　*　　　*

누군가 몸을 흔들었다.

"괜찮습니까?"

"……."

익숙한 한국어에 준혁은 눈을 떴다. 뒷목이 견딜 수 없이 아파왔다.

"크윽!"

"천천히 일어나세요. 아깐 정말 대단하더군요. 무슨 무술이라도 배운 겁니까?"

"아… 네……."

준혁을 깨운 사람은 사십대 초반으로 보이는 남자였다.

"여기가 어디입니까?"

"범선의 선창입니다. 저들이 여기에 우리를 가두었죠."

주변은 어두웠지만 사물을 분간하지 못할 정도는 아니었다.

어둠 속에서 준혁은 다른 사람들을 발견했다.

그들은 흐느끼거나 옆 사람과 소곤거리는 방법으로 미래에 대한 불안감을 나누고 있었다.

"유라!"

준혁은 몸을 일으켰다.

"유라! 어디 있어?"

철그렁.

발목에 채워진 시뻘겋게 녹슨 족쇄와 쇠사슬이 움직임을 제약했다.

준혁은 두 손으로 쇠사슬을 힘껏 잡아당기며 다시 소리쳤다.

"유라!"

철렁!

쇠사슬이 약간 당겨지다 멈췄다.

쇠사슬은 준혁만을 구속하고 있는 것이 아니었다.

선창에 있는 사람은 모두 족쇄를 차고 있었고, 쇠사슬은 그 사람들을 굴비 엮듯이 엮고 있었다.

"크윽……."

"큭."

"아파요."

당겨진 쇠사슬 때문에 사람들은 아픔을 호소했다.

준혁은 그들의 아픔을 무시했다. 지금 중요한 것은 유라였다.

"유라!"

돌아오는 대답은 없었다.

"얼른 앉아요. 소란 피워서 좋을 것 없습니다."

준혁을 깨웠던 남자가 손을 잡아끌었다.

준혁은 그의 손을 잡고 물었다.

"유라라는 이름을 가진 여자를 못 보셨습니까? 잡히기 전에 그녀가 보트에 타고 있는 모습을 똑똑히 봤습니다."

"혹시 긴 검은 생머리에 키가 170 정도 되는 동양 아가씨 아닙니까?"

"그렇습니다. 그녀가 제 부인입니다."

"허~ 참."

남자가 혀를 찼다.

준혁은 남자의 모습에서 어떤 불길한 예감을 느꼈고, 그 예감은 틀리지 않았다.

"이곳에 갇히고 난 후 저들은 우리를 한 명씩 확인했습니다. 그러더니 열두 명의 여자를 골라 위로 데리고 갔죠."

"……"

범선, 해적, 여자…….

일련의 단어가 말하는 의미는 단 한 가지였다.

준혁은 다시 일어나 고래고래 소리치기 시작했다.

"너희는 누구야? 유라를 데려와! 유라를 데려오라고!"

남자는 그 행동에 놀랐는지 준혁의 손을 잡아끌며 말했다.

"저들은 현대인이 아닙니다. 조금 전 그 대학살을 벌써 잊었습니까? 죽고 싶습니까?"

남자의 말이 끝나기가 무섭게 두꺼운 나무문이 열리고 선원 두 명이 들어왔다.

그들은 몽둥이를 무자비하게 휘두르며 알아듣지 못할 언어로 소리쳤다.

"@#@%@%@$#&%!"

퍽!

"악!"

퍼퍽!

"아악!"

"#$%$·&%(*&()*)_(!"

한참을 매타작을 하던 선원은 몽둥이를 휘두르며 뭐라 일장 연설을 하더니 다시 나가 버렸다.

선원들이 나가자 남자가 준혁의 귀에 대고 속삭였다.

"내가 말했죠. 저들에게 우리는 인간이 아니에요. 당신의 행동 때문에 애꿎은 사람들만 고통당했잖아요. 저 사람들 중에도 동료를, 가족을, 연인을 잃어버린 사람들이 있다는 사실을 잊지 말아요."

"……."

패닉이 올 것 같았다.

사람을 때리고 죽이는 데 아무런 거리낌이 없는 장소.

알고 지키고 살아왔던 도덕과 규칙이 모조리 무너져 내리고 있었다.

준혁은 원망의 눈길로 바라보는 사람들에게 고개 숙여 사과했다.

"미, 미안합니다."

구타를 당한 사람들도 고통을 호소할 뿐 별다른 항의를 하지 않았다.

아니, 할 수 없었다는 것이 옳았다.

소란은 구타를 유발한다는 사실에 사람들은 일종의 암묵적 합의를 마친 상태였다.

준혁이 어느 정도 흥분을 가라앉히자 남자가 악수를 청해왔다.

"바다의 여행자호에서 요리사로 일하고 있는… 아니, 일했었다고 해야 하나요. 전 김성찬이라고 합니다."

"전 이준혁입니다. 제가 한국인인 걸 어떻게……?"

"준혁 씨가 기절해 있을 때 주머니에 있던 담배와 라이터를 보고 알았습니다."

"저들은 도대체 누굽니까? 여기가 소말리아도 아니고……."

힘없는 준혁의 질문에 김성찬이 이상하다는 듯 말했다.

"오늘 아침에 있었던 선장님의 발표를 못 들으셨습니까?"

"전 빛이 있었던 밤, 갑판에 있다가 다른 승객들과 함께 바다로 떨어졌습니다. 눈을 떠보니 섬의 반대편 해변이더군요.

다행히 배는 찾았지만……."

"그래서 승객 명단상의 숫자와 승객의 숫자가 부족했던 것이군요."

준혁의 설명을 들은 김성찬은 비밀이 풀렸다는 듯 고개를 끄덕이더니 놀라운 이야기를 꺼내들었다.

"지금까지 파악한 바로는 여긴 지구가 아닌 것 같습니다."

"네?"

김성찬은 차근차근 그동안의 경과를 설명해 주었다.

"준혁 씨도 경험했다시피 그날 밤 바다의 여행자호는 엄청난 충격과 함께 빛에 휩싸였습니다. 당시 난 만찬 뒷정리를 위해 주방에 있다 조리대에 머리를 찧고 기절했죠."

그러고 보니 김성찬의 이마에 깊게 파인 상처가 있었다.

"정신을 차린 난 배가 기울어져 있다는 사실을 알아차렸습니다. 난파를 직감한 난 조타실로 올라갔죠. 조타실도 엉망이긴 마찬가지더군요."

상황을 묻는 김성찬에게 선장은 빛이 사라진 바로 그 순간 바다의 여행자호 전면에 절벽이 나타났고 말했다.

"피하고 말고 할 겨를이 없었다는 이야기죠."

난파 와중에 배의 고물 부위가 암초에 찢겼고, 그 틈으로 바닷물이 들어와 엔진과 비상발전기가 침수되어 전기를 사용할 수 없었다.

그래도 다행히 UPS(uninterruptible power supply)가 살아 있었다.

선장은 구조 신호를 보냈다. 하지만 아무런 응답이 없었다고 했다.

엎친 데 덮친 격으로 UPS도 불과 몇 분을 못 버티고 방전되어 버렸다.

"선장님은 선원들이 가지고 있던 스마트폰을 비롯한 나머지 전자기기들을 확인하라고 명령했죠."

그 조치로 승객들의 것을 포함한 선상의 모든 전자기기가 방전되었다는 사실을 알게 되었다.

"그렇다고 이곳이 지구가 아니라는 증거가 됩니까? 강력한 전자파나 흑점 폭발, 뭐 그런 이유가 아닐까요? 섬을 횡단하면서 본 식물들도 지구와 일치했습니다."

준혁의 반문에 김성찬은 고개를 저었다.

"당연한 의문입니다. 선장님도 그때까지는 단순한 사고 이상으로는 생각하고 있지 않았죠. 그런데 어젯밤 승객 한 분이 선장님을 찾아왔습니다. 그분은 칼텍에서 천문학을 가르치는 교수분이었습니다. 그분은 별의 위치가 지구 어디에서도 볼 수 없는 형태라고 말씀하셨습니다."

칼텍의 교수라는 직위가 그의 주장을 헛소리라고 무시할 수 없게 했다.

선장은 승객 중 과학 분야에 종사했던 사람들을 모아 의견을 물었다.

모인 과학자들은 천문학자의 말을 듣고 한 가지 실험을 실시했다.

설명을 하는 김성찬도 정확한 내용까지는 몰랐지만 과학자들은 간단한 측정과 계산을 통해 달의 지름을 계산했다.

"달의 지름이 우리가 알고 있는 3,474㎞가 아니라 5,034㎞라고 하더군요. 한마디로 말해 저 하늘의 달이 우리가 아는 그 달이 아니란 이야기였죠."

과학자들은 이상의 원인을 빛에서 찾았다.

"빛이 바다의 여행자호를 시공간의 틈으로 밀어 넣어 소설에 등장하는 차원이동이나 평행 우주로 던져 버린 거죠. 우리가 항해하고 있던 위치가 버뮤다 삼각지대의 정중앙이었으니 그럴 만도 하다고 생각해요. 버뮤다 삼각지대는 예로부터 수상한 소문이 많았던 곳이니 말입니다."

길게 말할 것 없이 이곳이 이계라는 설명이다.

설명을 듣다 보니 한 가지 의문이 생겼다.

"혹시 김성찬 씨는 이곳에 온 후 힘이 강해진 느낌이 들지 않으셨습니까?"

"그런 점은 못 느꼈는데, 왜 그러십니까?"

표정으로 보아 거짓말을 하고 있는 것 같지는 않았다.

일단 준혁은 질문을 얼버무렸다.

"아, 아닙니다. 이계라는 말에 예전에 읽었던 판타지 소설이 생각났습니다."

"나도 처음 어렸을 때는 이계로 넘어가 강한 힘을 얻고 영웅이 되는 그런 유의 소설들을 참 좋아했죠. 하지만 현실은 현실이고 소설은 소설 아니겠습니까?"

현실은 현실이고 소설은 소설이다.

분명 맞는 말이지만 준혁은 그렇게 생각하지 않았다.

몸이 알고 있다. 준혁 자신에게 닥친 신체적 변화는 분명한 사실이었다.

준혁은 자신의 변화를 알리지 않기로 했다.

이곳이 정말로 이계라면 힘을 감추는 편이 생존에 도움이 될 것이라는 현실적인 판단 때문이었다.

'유라……. 별일이 없어야 할 텐데…….'

시간과 공간, 사람이 내가 알고 살았던 세상의 규칙과 법칙을 벗어나 있다는 사실을 인정하기란 쉽지 않은 일이다.

하지만 준혁은 그 사실을 의외로 쉽게 받아들이고 있었다.

'날 때려눕힌 그 괴인의 움직임은 절대로 인간의 것이 아니었어.'

현실을 인정하자 오히려 마음이 편해졌다.

준혁은 자신이 가진 정보들을 취합하기 시작했다. 목적은 당연히 유라의 구출이었다.

＊　　＊　　＊

“기다리세요, 유라.”

아르쥬는 유라를 문 앞에 세운 후 우르지 파샤에게 절을 했다.

그리고 무릎과 양팔을 이용해 기어 우르지 파샤에게 다가갔다.

“시작해도 되겠습니까, 파샤?”

“그래, 그래.”

우르지 파샤는 시선을 유라에게 고정시킨 채 건성으로 대답했다.

우르지가 유라에게 관심이 있어 보여 안심이 됐다.

이는 유라에게 좋은 징조다.

‘그 남자 때문인지 이상하게 마음이 쓰이네.’

확실히 아르쥬가 잡은 남자는 특별했다.

그가 내려친 검은 오러가 깃들지 않았음에도 아르쥬에게 적지 않은 충격을 주었다.

아르쥬가 미스릴 브레이슬릿을 차고 있었던 점을 고려하면 그것은 놀라운 괴력이었다.

폭이 두 뼘이나 되는 보석과 금 자수로 장식된 비단 허리띠를 시작으로 우르지 파샤의 옷을 모두 벗긴 아르쥬는 유라를 불렀다.

"이리 와요. 이제 당신 차례예요."

유라는 아르쥬의 말을 듣지 않고 있었다.

'왔어.'

유라는 선실의 창문으로 걸어갔다.

"죄, 죄송합니다. 저희 말을 전혀 알아듣지 못하는지라……."

아르쥬는 인상을 찌푸리는 우르지 파샤에게 사죄한 다음 유라에게 다가갔다.

"유라 씨."

유라는 반응하지 않았다.

약간 짜증이 난 아르쥬가 유라의 어깨를 잡고 그녀의 몸을 돌렸다.

"……."

유라가 울고 있었다.

유라는 아르쥬에게 말했다.

"그가 죽은 것 같아요. 희망이 사라졌어요. 그는 그곳에 남겨진 것 같아요. 그 찬 바다에……."

“…….”

유라는 유창한 하이난고람어를 사용하고 있었지만 아르쥬는 개의치 않았다.

언어라는 것은 누구나 배울 수 있는 것이다.

아르쥬 또한 북방대륙 공용어와 남방대륙 공용어를 모두 할 줄 안다.

아르쥬는 유라의 마음을 이해했다.

‘당신의 남편, 아니, 연인은 살아 있어요.’

말해주고 싶었다.

하지만 아르쥬는 말하지 않았다.

‘당신이 겪을 인생은 사랑하는 사람을 가슴에 품고도 견딜 만큼 녹록하지 않아.’

아르쥬가 망설이고 있자 우르지 파샤가 짜증을 내며 다가왔다.

“뭘 하고 있는 것이더냐. 허… 헉!”

우르지 파샤가 보기 흉하게 뒤로 넘어졌다.

어린아이의 그것처럼 쭈그러든 양물이 우르지 파샤가 얼마나 놀랐는지 단적으로 보여주고 있었다.

“왜 그러십니까?”

아르쥬는 유라의 눈동자를 보고 우르지 파샤가 왜 그렇게 놀랐는지 알 수 있었다.

"당신은······."

유라의 눈동자에서 응당 있어야 할 검정색과 흰색을 찾아 볼 수 없었다.

그녀의 눈은 피의 붉은색으로 눈동자 전체가 채워져 있었다.

우르지 파샤 손을 들고 외쳤다.

"콜론!"

우르지의 말이 끝나기가 무섭게 천장에서 검은 그림자가 떨어져 내렸다.

"파샤."

"저, 저 요망한 것을 죽여라!"

질문은 없었다.

콜론은 품에서 날이 안쪽으로 굽은 단검을 꺼내는가 싶더니 유라의 정면에 서 있었다.

그는 한 치의 망설임도 없이 유라의 목을 베어갔다.

그의 행동은 너무도 깨끗하게 이뤄져 숙련된 장인의 망치질같이 아름답게 보였다.

역시 아크랩 부족의 족장이자 아르쥬의 스승다운 멋진 살인 기술이다.

단검은 정확하게 유라의 경동맥을 노리고 있었다.

"아~!"

아르쥬는 자신도 모르게 한숨을 쉬었다.

숙련된 장인이 강철을 수천, 수만 번 두드려 만든 다마스쿠스 강으로 만든 단검이 연약한 여인의 하얀 목덜미에 닿는다.

그리고 유라의 목이 갈라져 피분수를 내뿜는다.

보지 않아도 알 수 있는 일이다.

그런데 놀랍게도 예상은 빗나갔다.

깡!

“…….”

“…….”

“…….”

쇠와 살이 만나서 만들어낼 수 있는 소리가 아니다. 그 소리는 쇠와 쇠가 만났을 때나 나는 금속음이었다.

콜론의 단검이 튕겨 나옴과 동시에 아르쥬는 우르지 파샤를 뒤로 밀어내고 그 앞을 막아섰다.

우르지 파샤에게 티끌만 한 상처라도 생긴다면 자신과 동생의 미래는 없다.

숙련된 암살자 콜론은 당황하는 대신 공격을 선택했다.

오러가 실린 빠른 공격이 빛 무리를 만들며 유라를 베어갔다.

그럼에도 유라는 잘 만들어진 강철 인형처럼 미동도 하지 않았다.

꽝!

꽝!

과정은 달랐지만 결과는 변하지 않았다.

콜론의 칼은 유라의 살결에 닿지도 못하고 있었다.

아르쥬도 전투 자세를 취했다. 그녀가 손목을 살짝 흔들자……

챙!

브레이슬릿에서 날카로운 칼날이 모습을 드러냈다.

"죽여 버려! 죽여!"

우르지 파샤가 벽에 장식되어 있는 검을 잡으며 외쳤다.

하지만 콜론도 아르쥬도, 심지어는 우르지 파샤 자신마저도 그 검이 이 상황에 도움이 되리라 여기지 않았다.

우르지 파샤의 풀네임, 우르지 바르바롯사 파샤에서 파샤는 작게는 장군이란 뜻으로, 크게는 수장이란 의미로 쓰인다.

하지만 우르지 파샤는 검을 배워본 적이 단 한 번도 없는 파샤다.

오죽하면 그의 별명이 장사꾼 파샤겠는가.

아르쥬까지 가세했어도 전투의 양상은 변하지 않았다.

'타격이 먹히지 않아.'

아르쥬는 콜론을 바라보았다. 콜론도 아르쥬를 바라보았

다. 두 사람은 사제지간답게 지금은 금지된 어떤 단어를 동시에 떠올렸다.

"마법사?"

두 사람의 생각은 맞았다.

다만 마법사는 유라가 아니었다.

콰지지직!

와장창!

때마침 유라를 배경으로 창문을 비롯한 선실의 한쪽 벽이 터져 나갔다.

벽이 사라진 선실은 이제 바다에 노출된 상태였다.

"맙소사! 저게 뭐냐!"

우르지 파샤가 손에 든 검을 떨어뜨렸다.

꾸르르륵!

꾸르륵!

그것은 사막에 널려 있는 도마뱀처럼 보였다. 하지만 두 가지 측면에서 도마뱀과 달랐다.

무엇보다 그것은 컸다. 그리고 박쥐의 그것 같은 날개가 등에 달려 있었다.

아르쥬는 그것의 정체를 알고 있었다.

"와이번."

와이번의 등에는 낙타의 등에 올리는 안장처럼 보이는 것이 달려 있었다.

그리고 안장에는 검은 갑옷을 입은 기사와 수정 구슬이 달린 지팡이를 든 은발의 여인이 앉아 있었다.

아르쥬는 그녀가 마법사이고, 유라를 마법으로 지켰다는 사실을 깨달았다.

은발여인은 유라에게 말했다.

"늦지 않았구나."

그리고는 천천히 구슬을 흔들었다.

지휘자의 지휘에 맞춰 연주하는 악기처럼 유라의 몸은 천천히 떠올라 와이번의 안장 쪽으로 움직였다.

그 모습은 너무나 비현실적이어서 신비하게까지 보였다.

유라의 몸이 와이번의 안장에 도달하자 검은 기사는 그녀를 안아 자신 앞에 앉혔다.

기사의 행동은 너무나 자연스러웠다.

그것은 완벽한 무시였다.

무시.

하이난고람 토호연합국의 일원, 마람파샬국의 파샤인 우르지 파샤는 그 점이 싫었다. 참을 수 없었다.

그래서 명령을 내렸다.

"이… 이… 죽여!"

콜론도 같은 생각이었다.

지금껏 자신의 쿠크리가 따지 못한 목은 없었다.

이길 가능성은 없었지만 두려워 시도조차 하지 않는 것은 아크랩 부족의 수장으로서 견딜 수 없는 수치였다.

콜론의 신형이 쏘아졌다.

그 모습을 본 기사가 천천히 손을 들었다.

아르쥬는 기사의 눈빛에서 연민의 감정을 느꼈다고 생각했다.

펑!

쏘아진 속도보다 더 빠르게 콜론이 튕겨 나왔다.

그의 가슴에는 야자열매보다 큰 구멍이 뚫려 있었다.

“……”

“……”

정적이 선실을 지배했다.

한 번의 움직임으로 상황을 마무리한 기사는 천천히 고삐를 당겼다.

그러자 와이번이 거대한 날개를 아주 천천히 저었다.

거짓말처럼 와이번의 거체가 둥실 떠올랐다.

와이번이 선체에서 살짝 떨어지자 은발여인이 입을 열었다.

그녀는 아주 조용해 말했지만 선실에 남은 인간들의 귀에 천둥소리처럼 크게 들렸다.

이 또한 마법이었다.

"몰랐다고는 하나 그냥 넘어갈 수 없는 불경도 있는 법. 그렇다고 너희를 모두 몰살할 수는 없으니 조그만 벌을 내리겠노라."

그녀는 가볍게 지팡이를 흔들었다.

당연히 그래야 할 것처럼 주먹만 한 불덩어리가 생겨났고, 불덩어리는 지팡이에 매달린 공처럼 움직였다.

잠시 아이처럼 불덩어리를 가지고 놀던 은발여인이 손목을 까딱거렸다.

그러자 불덩어리가 선실을 향해 천천히 날아왔다.

스르르륵!

느린 것 같지만 빠른 상반된 두 속도를 지닌 불덩어리가 노린 것은 우르지 파샤였다.

아르쥬는 반사적으로 몸을 날려 우르지를 밀어 피신시켰다.

퍽!

불덩어리는 우르지 파샤 대신 벽을 장식하고 있는 태피스트리에 부딪쳐 터졌다.

태피스트리에 그려진 마람파샬 토호국의 왕성 '푸른 오아시스 성' 그림이 검은 연기를 피워 올렸다.

그 모습을 차가운 눈빛으로 보고 있던 은발여인이 검은 기사의 어깨를 살짝 두드리자 와이번이 움직이기 시작했다.

그리고 곧 와이번의 모습은 시야에게 사라졌다.

꽝!

문이 열리고 하이레딘과 무라디, 핫산이 뛰어들어 왔다.

"괴물이 나타났습니다, 파샤."

"무슨 일입니까? 아니… 불이……."

불은 이미 선실 벽을 통해 천장으로 번지고 있었다.

핫산 선장은 선실의 상황을 보더니 다시 밖으로 뛰어나갔다.

아마도 선원들을 부르려는 생각인 것 같았다.

아르쥬는 모포로 우르지의 몸을 감쌌다.

그녀의 시선은 콜론의 시체에 머물러 있었다.

마음 같아서는 콜론의 시신을 수습하고 싶었지만 그럴 수 없었다.

아마 콜론도 원치 않았을 것이라 생각하니 슬펐다.

바르바롯사 파샤의 명에 따르는 것.

그것이 아크랩 부족에게 주어진 숙명이다.

아르쥬가 우르지 파샤를 모시고 선실 밖으로 나가자 선원들이 물동이를 들고 뛰어들어 왔다.

파앗!

마법사의 불은 결코 꺼지지 않는다는 전설이 있다. 그 전설은 사실이었다.

불은 오히려 물을 연료로 삼아 맹렬하게 타올랐고, 걷잡을
수 없이 번져갔다.

Chapter 07
아르쥬

준혁은 자신이 가진 힘의 미약함에 절망했다.

녹슨 쇠사슬은 준혁의 몸뿐만 아니라 의지까지 지배하고 있었다.

"당신의 심정을 이해하지 못하는 것은 아니지만 지금은 참고 참으면서 기회를 노릴 때입니다."

김성찬이 담담하게 말했다.

준혁은 김성찬의 말 속에서 어떤 위화감을 느꼈다.

지금 두 사람은 지구가 아닌 다른 세상에 떨어져 목숨을 위협받고 있다.

　그런데도 김성찬은 마치 제삼자라도 되는 양 무심히 말하고 있다.

　"정말 침착하시군요."

　"달리 방법이 있나요? 전 포기가 빠른 사람이거든요."

　"요리사였다고 하셨습니까?"

　"바다의 여행자호에서만 4년을 근무했습니다. 그전에는 다른 크루즈 선에 있었지요."

　"그런데 한국 분이 어떻게……."

　"말하자면 깁니다. 지루한 이야기이기도 하구요. 것보다 두 분은 신혼여행이셨습니까?"

　은근슬쩍 말까지 돌린다.

　준혁은 김성찬을 바라보았다.

　선이 굵은 얼굴, 각진 턱이 그가 상당한 고집의 소유자임을 알려주었다.

　하지만 선한 눈매, 장난기꾸러기처럼 보이는 오른쪽이 살짝 말려 올라간 입술.

　확신할 순 없지만 일부러 거짓말을 할 사람 같지는 않았다.

　'누구나 감추고 싶은 비밀이 있는 법이니…….'

　준혁은 김성찬이 그저 떠도는 것을 좋아하는 베가본드 타입의 남자라 생각하기로 했다.

　"그렇습니다. 결혼 2년 만의 신혼여행이었습니다."

“미리 알았다면 별도로 특별 요리를 대접했을 텐데 아쉽군요.”

“마음만으로도 고맙습니다.”

“걱정이 많이 되시겠습니다.”

“네?”

“부인 말입니다. 정말 아름다운 분이시던데…….”

끌려간 여인은 한 명도 돌아오지 않았다.

이미 준혁은 최악의 사태를 가정하고 있었다.

“살아만 있으면 됩니다. 살아만 있으면…….”

김성찬에게 하는 말이지만 그 말은 자신에 대한 다짐이기도 했다.

두 사람이 미래에 대해 이런저런 이야기를 나누고 있을 때 갑자기 갑판이 소란스러워졌다.

“!$*&#&%*#!”

“@#%$#$##$@#%!”

선원들이 분주하게 오가고 있었다.

분위기로 보아 단순한 소란은 아니었다.

무언가 심상치 않은 일이 터진 것이 분명했다.

준혁은 그 일이 자신에게 유리할지 불리할지가 궁금했다.

“무슨 일일까요?”

"문제가 생긴 것 같기는 한데… 저도 잘 모르겠습니다."

"혹시 다른 해적이라도 쳐들어온 것이 아닐까요?"

"알 수 없는 일이죠. 그저 기다려 볼 수밖에요."

궁금증은 오래가지 않아 최악의 방법으로 해소되었다.

선창으로 조금씩 연기가 들어오기 시작했다.

"콜록!"

"콜록!"

"크으윽!"

연기가 삽시간에 선창을 가득 채웠다.

사람들은 고통에 못 이겨 소리치기 시작했다.

죽는 것보다 매가 낫다는 단순한 셈법이 가져다준 반응이었다.

"살려주세요! 살려주세요!"

"누구 없소!"

"야, 이 씨발 놈들아! 사람 다 죽는다고!!"

애원과 욕설이 난무했지만 밖으로부터의 반응은 없었다.

오히려 소란스럽던 갑판은 조용해지기 시작했고, 인기척마저 사라지고 있었다.

그리고 연기의 정체가 모습을 드러냈다.

선창 나무 벽 틈으로 불꽃이 넘실거렸다. 배에 화재가 난 것이다.

"불이야! 불이야!"

"아… 악!"

"안쪽으로 들어가!"

"들어가라고!"

사람들은 다리를 구속하고 있는 쇠사슬을 잡아당기며 불을 피하기 위해 안간힘을 썼다.

"옷으로 입과 코를 막고 몸을 낮추세요!"

준혁은 소리쳤다.

연기는 위로 퍼지고 화재에서 죽는 대부분의 사람은 불이 아니라 연기에 질식해 죽는다는 소리를 들은 기억이 났다.

사람들이 준혁의 말에 따르기 시작했다.

"소용없어요."

김성찬이 담담하게 말했다.

"무슨 말입니까?"

"범선은 벌레 먹는 것을 방지하고 방수를 위해 틈에 역청이나 송진을 바릅니다. 물 위에 있어 잘 느끼지 못할 뿐이지 불쏘시개와 다름없다는 말입니다."

"……."

이해할 수 없었다.

그 말이 옳더라도 지금 현 상황에 무슨 의미가 있다는 말인가.

'지독한 염세주의자일지도 모르겠어.'

우선은 살아야 했다.

준혁은 옷을 더 접어 입과 코를 막았다.

확실히 숨을 쉬기가 편해졌다.

김성찬도 옷으로 입과 코를 막고 있었다. 조금 전까지만 해도 삶을 달관한 듯 행동하다가 다시 삶을 갈구한다.

'그저 시크하게 보이고 싶었던 남자일 뿐인가?'

상관없었다.

지금 중요한 명제는 살아남는 일이다.'

'그전에 내가 개죽음을 당할 수도 있겠어. 만일 그렇게 된다면 유라는……'

울화통이 치밀었다.

복받쳐 오른 감정이 준혁을 분노케 했다.

입을 막고 있던 옷을 내려놓은 준혁은 힘차게 쇠사슬을 당겼다.

"아악!"

"악!"

다시 사람들에게서 비명이 터져 나왔다.

준혁은 아랑곳하지 않았다.

사는 것이 우선이다. 살아야 한다. 그래서 유라를 구해야 한다.

그것만이 준혁을 움직이게 하는 원동력이었다.

*　　*　　*

핫산 선장은 이를 악 다물었다.

자하비 주말호가 가라앉고 있다.

결국 불은 끄지 못했다.

불은 악마의 이빨처럼 물을 부을수록 번져갔다.

겨우 우르지 파샤를 구해 바르바롯사 가문의 두 번째 배인 자하비 이살라[황금 전갈]호로 옮긴 것이 그가 할 수 있는 행동의 전부였다.

배가 완전히 잠겨 보이지 않았다면 좀 더 견디기 쉬웠을지도 모른다.

하지만 수심이 낮은 탓에 자하비 주말호는 절반만 가라앉은 채 흉물스런 몸을 드러내고 있었다.

핫산 선장 덕분에 목숨을 건진 우르지 파샤가 너그러운 얼굴로 핫산 선장을 격려했다.

"괜찮아, 핫산 선장. 내 자하비 주말호보다 더 큰 배를 만들어주지."

핫산 선장이 고개를 숙여 감사를 표했다.

하지만 우르지 파샤도 핫산 선장도 그 약속이 이뤄지지 않으리라는 사실을 안다.

배를 잃은 선장에게 다시 기회가 주어지는 일은 극히 드문 일이다.

더군다나 평민 출신인 핫산 선장이라면 더더욱 그랬다.

그래서 핫산 선장은 우르지 파샤의 말을 한 귀로 듣고 한 귀로 흘려버렸다.

"통을 던져라! 밧줄을 던져라! 물에 뜨는 것은 뭐든지 던져라!"

그의 관심은 언제 만들어질지 모르는 배가 아니라 아직도 바다에서 허우적대고 있는 선원들에게 쏠려 있었다.

우르지 파샤는 자신이 살아났다는 사실에 감사했다.

로테야드 제국의 유민 중에 마법사와 관계가 있는 여자가 있었고, 마법사가 그 여자를 구하기 위해 나타났다.

누가 예상할 수 있었을까?

아니, 예상했다고 막을 방법이 있겠는가.

마법사다.

자그마치 마법사다.

30년 전, 전 대륙을 지배하던 마법사들이 하루아침에 사라지고 그들의 폭정에 시름하던 인간들이 만세를 불렀다.

물론 마법사가 나타난 것은 놀라운 일이다.

하지만 그 마법사의 손아귀에서 고작 배 한 척을 끝으로 피해가 멈췄고, 무엇보다도 자신이 살아남았다.

이보다 큰 행운은 없다.

'베두인 상인이 염소를 섞은 게 아니었어. 돌아가면 큰 상을 내려야겠어.'

우르지 파샤는 굳게 다짐했다.

아르쥬는 자하비 아살라 호의 메인마스트에 올라 반쯤 물에 잠긴 자하비 주말 호를 바라보고 있었다.

'그 남자도 죽었겠지?'

아르쥬는 아직도 불편한 손목을 어루만졌다.

설명하기 힘들었던 남자의 힘. 그 원천은 틀림없이 '마법'이었다.

'남편이나 연인이 아니라 가디언이었을까?'

마법사는 가디언을 데리고 다닌다. 가디언은 마법사로부터 부여받은 힘을 바탕으로 마법사를 위험으로부터 지킨다.

어린 시절 길거리의 이야기꾼 할아버지가 해주던 옛날이야기 속에서 마법사와 가디언은 그런 관계였다.

하지만 의문이 남았다.

아르쥬가 판단하기엔 유라는 마법사가 아니었다.

마법사는 유라가 아니라 유라를 콜론의 공격으로부터 지

키고 자하비 주말 호를 불덩어리 한 방으로 침몰시킨 은발여자가 분명했다.

그리고 검은 갑옷의 기사는 은발여자의 가디언이었다.

"아, 모르겠어. 그럼 유라의 눈은 왜 빨갛게 변했고… 선장에 갇혀 익사한 남자는 또 뭐고."

솔직히 아무래도 좋았다.

유라가 마법사든 아니든 아르쥬와는 전혀 상관이 없는 문제였다.

자하비 주말 호가 침몰했고 수많은 사람이 죽었어도 마찬가지다.

아르쥬를 진정 화나게 만든 일은 동생을 지옥에서 빼내줄 유일한 끈이었던 남자의 익사였다.

'샤반……'

아르쥬는 절망했다.

*　　*　　*

끼이이이익!

선창 바닥이 30도 이상 기울었고, 바닷물이 들어오고 있었다.

사람들이 끈에 매달린 빨래처럼 한쪽으로 쏠렸다.

사람과 사람이 겹쳐지자 아래쪽에 깔린 사람들이 비명을
질렀다.

"아아아악!"

"아악!"

준혁은 바닥 판자 틈에 손을 넣고 미끄러지는 몸을 버텨냈
다. 그리고 다른 손으로 역시 미끄러지는 김성찬의 목덜미를
잡아끌어 올렸다.

"여길 잡아요."

"배, 배가 침몰하는 것 같습니다."

"……."

김성찬의 말이 맞았다.

물이 차오르고 있었다.

아니, 배가 물속으로 가라앉고 있었다.

"쇠사슬을 당겨보죠."

"다른 사람들이……."

"죽는 것보다는 낫습니다."

준혁과 김성찬은 동시에 쇠사슬을 끌어당겼다.

"다시 한 번!"

쇠사슬은 요지부동이다.

상황은 절망으로 치닫고 있었다.

물은 단숨에 천장까지 차올랐고, 선창은 완전히 물에 잠

졌다.

 몸부림치던 사람들이 한 명 두 명 질식해 생명의 끈을 놓고 늘어졌다.

 아이가 가지고 놀다 버린 인형처럼 남국의 수정같이 맑은 에메랄드빛 바다 속에서 흔들리는 사람들을 벽 틈으로 들어오는 하얀 햇살이 비추고 있었다.

 역겹도록 아름다운 광경이었다.

 "……."

 군 생활 훈련 덕분에 남다른 폐활량을 가지고 있는 준혁도 숨이 턱까지 차기 시작했다.

 쿵!

 진동이 느껴졌다.

 배가 완전히 해저에 가라앉았다는 신호다.

 '유라, 미안. 여기까진가 봐.'

 준혁이 포기를 선택하려는 순간 누군가 그의 발을 잡아 흔들었다.

 김성찬이었다.

 그는 미친 듯이 쇠사슬을 잡아당기고 있었다.

 "……?!"

 꿈쩍도 하지 않던 쇠사슬이 끌려오고 있었다.

고리가 고정되어 있던 선창의 벽이 부서져 입을 벌리고 있었다.

배가 해저에 부딪치면서 발생한 기적이었다.

준혁도 미친 사람처럼 쇠사슬을 잡아당겼다.

드디어 자유의 몸이 되었지만 공기의 한계를 넘어설 수는 없었다.

준혁은 본능적으로 선창의 천장에 달라붙어 벽 쪽으로 헤엄쳤다.

천장과 벽이 만나는 작은 삼각형. 그곳에 공기가 있을 것이란 작은 희망 때문이었다.

준혁의 선택은 적중했다.

"푸하!"

준혁은 코만 겨우 바닷물과 천장 사이에 내밀고 소중한 공기를 빨아들였다. 짜부라졌던 허파꽈리가 다시 부풀어 올랐다.

"……."

김성찬은 준혁처럼 행운을 누리지 못했다. 김성찬은 목을 붙잡고 발버둥치고 있었다.

준혁은 어려운 결정을 내려야 했다.

'그가 날 살렸어. 이번엔 내가 그를 살릴 차례야.'

준혁은 다시 한 번 심호흡을 한 다음 잠수했다. 그리고 김성찬의 목덜미를 잡고 부서진 벽으로 헤엄쳤다.

틈을 빠져나와 계단을 통하자 바로 수면이었다.

"푸하! 헙!"

김성찬이 숨을 크게 내쉬는 것을 준혁은 억지로 틀어막았다.

그리고 입에 손가락을 가져다 대 조용히 하라는 신호를 보낸 다음 다시 밖을 가리켰다.

"……."

"다시 물속으로 들어가 입만 내놓고 있어요. 조용해지면 섬으로 가시구요."

"알… 알았습니다. 그런데 당신은……."

"전 아내를 구할 겁니다."

"불가능합니다. 죽어요."

"유라가 없으면 전 죽는 편이 낫습니다."

김성찬이 마지못해 말을 따르자 준혁은 배의 그늘에 숨어 상황을 살폈다.

다른 배에서 내려온 보트들이 물에 빠진 선원들을 구하느라 정신없이 움직이고 있었다.

준혁은 크게 심호흡을 한 다음 물속으로 잠수했다.

그의 목표는 가장 가까이에서 허우적대고 있는 해적이었다.

해적의 발을 잡고 끌어내려 목을 조르는 일은 쉬웠다.

하지만 그를 잠수 상태로 다시 배로 데려오는 일은 그렇지 않았다.

숨이 턱까지 차올라 배의 뒤편으로 돌아 나온 준혁은 축 늘어진 해적의 옷을 벗겨 갈아입었다.

반월도까지 허리에 찬 준혁은 얼굴까지 천으로 감아 가린 후 가장 가까운 범선을 향해 헤엄쳤다.

"&·*&·(*&(*)."

준혁이 뱃전에 늘어진 그물 사다리로 다가가자 해적이 반갑게 그에게 손을 내밀었다.

"쿨럭! 쿨럭!"

"$·&%&*·*(&()*)(."

등을 두드려 주는 해적에게 괜찮다고 손짓을 한 준혁은 주변을 살폈다.

다른 해적들을 구하느라 정신이 팔린 해적들은 누구도 준혁을 주목하지 않았다.

준혁은 천천히 선내로 들어가는 통로를 향해 움직이기 시작했다.

멍하니 턱을 괴고 아래를 바라보고 있던 아르쥬의 눈에 막

배로 올라오는 선원 한 명이 들어왔다.

허리에 찬 반월도, 얼굴까지 흘러내려온 터번의 천, 바닷물을 먹었는지 쿨럭거리는 모습.

선원은 흘러내려 얼굴을 가리는 터번을 두 손으로 누르고 눈만 내놓은 채로 사방을 두리번거리더니 이윽고 배 안으로 들어갔다.

아르쥬는 본능적으로 그 선원에게서 이질감을 느꼈다.

'하지만…….'

도무지 그 이질감의 정체를 알 수 없었다.

간과하고 놓친 무언가가 있었다.

아르쥬는 수십 명의 사람 속에서도 한 가지 특징만으로 목표를 찾아내도록 훈련받았다.

그래서 떠올릴 수 있었다.

"손."

터번을 누르고 있는 선원의 양손!

두 손아귀가 모두 터져 있었다.

'그 남자야.'

선원은 그 남자였다.

아르쥬는 날듯이 갑판으로 뛰어내렸다. 그녀의 몸짓은 너무도 날래서 마치 한 마리의 종달새[사카] 같았다.

다행히 선원들을 구하느라 선내에는 거의 사람이 없었다. 준혁은 마주 오는 선원은 피하고 선원이 지나가면 선실 문을 열어 유라의 행방을 찾았다.

"……."

한 층을 더 내려오자 복도 마지막 방 앞에 두 명의 선원이 서 있는 모습이 보였다.

준혁은 느슨하게 팔짱을 낀 상태로 정면에서 보이지 않게 반월도의 손잡이를 잡았다.

그가 다가가자 선원 중 한 명이 손을 흔들며 떠들었다.

"%@*%($&·$#(%(#."

준혁은 기침으로 대답을 대신했다.

"쿨럭쿨럭."

그러면서 죽겠다는 시늉을 했다.

"%&*#&@*#$%(%&$*#."

5미터, 4미터, 3미터…….

떠들던 선원이 준혁을 밀쳐내려는지 손을 들고 앞으로 나섰다.

준혁은 단숨에 그의 목을 날려 버렸다.

그리고 그 모습에 놀라 칼을 빼려던 선원의 복부를 발로 걸어찼다.

빽!

뭔가 터지는 소리와 함께 선원이 문을 부수며 안으로 밀려들어 갔다.

꽝!

방 안에는 청바지며 드레스를 입은 여자들이 놀라 어쩔 줄 몰라 하고 있었다.

'없어.'

끌려 나간 여인은 모두 열두 명.

여기 있는 여인은 모두 열한 명.

유라는 거기에 없었다.

그녀들은 목이 없는 시체와 배에서 피가 흘러나오는 시체 그리고 피가 묻은 칼을 든 준혁을 보고 비명을 지르기 시작했다.

"아악~!"

"오지 마! 오지 마……!"

"살려주세요! 제발 살려주세요!"

여자들은 준혁에게 애원했다.

준혁은 터번을 벗고 얼굴을 드러내며 말했다.

"조용히 하세요. 저도 같은 배를 탔던 승객입니다."

영어를 들은 여인들이 스스로의 손으로 자신의 입을 막았다.

"우리를 구하러 오셨나요?"

준혁은 망설였다.

지금 준혁은 그녀들을 구할 능력도 의지도 없었다. 하지만 준혁은 거짓말을 했다.

"그렇습니다."

"아……? 아……!! 고마워요. 고마워요."

여인들을 안심시킨 준혁은 다시 물었다.

"모두 열두 명이라고 들었습니다. 유라라는 동양 여성이 안 보이는군요. 키는 170센티 정도에 긴 생머리를 한……."

"알아요, 알아요."

"유라 씨는 이전 배에 있을 때 끌려갔어요. 그리고 돌아오지 않았죠."

"돌아오지 않았다니 무슨 말입니까?"

"말 그대로예요. 열두 명이 방에 끌려간 후 돌아왔는데 얼마 후 선원들이 들어오더니 유라 씨만 데려갔어요. 그리고 그 뒤로는 못 봤어요."

"……."

최악의 상황이다.

준혁의 머리는 빠르게 돌아갔다.

'침몰한 배에서 따로 불려 나갔다. 그리고 돌아오지 않았다. 배는 불탔다. 여자들은 이 배로 옮겨졌지만 유라는 그렇지 않다.'

미칠 것만 같았다.

그때 흑인 여성이 말했다.

"당신은 유라 씨의 남편이군요?"

"어떻게 그걸……."

"크루즈 선 전체를 통틀어 동양인 신혼부부는 당신들뿐이었으니까요. 그런데 당신은 죽은 줄 알았는데요?"

"네?"

"이곳에 표류한 후 유라 씨는 당신을 찾기 위해 몇 번이고 배를 뒤졌어요. 제가 선실 승무원이라 잘 알죠."

"……."

"유라 씨가 살아 있으리라 믿어요. 그녀는 선택받았으니까요."

절망과 희망, 다시 절망, 그리고 또다시 희망의 빛이 보였다.

"선택이라니요?"

"말 그대로 선택이에요. 이 배의 보스가 우리 중 유라 씨를 선택했어요. 우리도 살려 데려왔는데 그녀를 안 데려왔으려고요."

"감사합니다. 감사합니다."

유라는 이 배 어딘가에 있을 것이다.

준혁은 몸을 돌리려다 말고 말했다.

“전 유라를 먼저 구해야 합니다. 하지만 약속하겠습니다. 살아 계십시오. 살아 계시면 어떻게든 당신들을 구하러 가겠습니다.”

“…….”

“…….”

선실은 침묵에 빠졌다.

사람의 목숨을 파리 목숨처럼 여기는 해적들 사이로 사랑하는 여자를 구하러 찾아온 남자, 그리고 그 남자는 자신들을 구하겠다고 약속하고 있다.

지금의 상황에서 자신들이 구조될 수 없다는 사실은 자명하다.

저 남자를 따라 나가면 바로 죽는다.

그러니 믿을 수밖에 없다. 아니, 믿어야 한다.

여인들은 고개를 끄덕였다.

“살아 있을게요. 꼭 구하러 오세요.”

“약속합니다.”

준혁은 몸을 돌렸다.

그리고 문에 서 있는 괴한을 발견했다.

괴한을 인식하는 것과 동시에 준혁은 반월도를 휘둘렀다.

깡!

역시 반월도는 괴한의 손목에 막혔다.

하지만 이번에는 점심때와 달리 칼을 놓치지 않았다.

준혁은 반탄력에 대한 준비를 마쳤고, 동시에 공격을 할 정신적 여유도 있었다.

칼이 팅겨 나옴과 동시에 준혁의 발이 괴한을 걸어찼다.

괴한은 두 팔을 교차해서 준혁의 발을 막았다.

퍽!

괴한이 충격을 견디지 못하고 뒤로 날려가 복도에 나뒹굴었고, 이미 준혁은 괴한에게 쇄도하고 있었다.

준혁은 미친 듯이 반월도를 휘둘렀다.

깡!

깡!

괴한은 손목으로 반월도를 막기만 할 뿐 공격해 들어오지 않았다.

준혁은 한 가지 사실을 깨달았다.

이유는 모르지만 괴한을 자신을 죽이려 하지 않았다.

'나쁘지 않아.'

반면 아르쥬는 당황했다.

남자는 점심 무렵 손을 섞을 때보다 더 강해진 것 같았다.

'말도 안 돼. 이럴 순 없어.'

아르쥬는 남자의 공격을 모두 막아냈다. 그럴 때마다 손목이 저리도록 아팠다.

불리한 점은 또 있었다. 먼저 전투 장소가 좁았다.

좁은 복도는 아르쥬에게 정면 이외의 공격 루트를 허락하지 않았다.

또 한 가지 불리한 점은 그녀가 배운 전투 기술이었다.

아르쥬는 기본적으로 암살자다. 그녀가 배운 기술은 대부분 일격필살의 살인 기술이었고 이렇게 무식하게 칼을 휘두르는 적을 제압하는 데 적합하지 않았다.

준혁은 힘이 넘쳤다. 손아귀를 울리던 반탄력도 느껴지지 않았다.

준혁은 괴한을 통로 입구까지 밀어붙였다. 입구의 문은 닫혀 있었고 안으로 여는 구조였다.

괴한은 도망칠 곳이 없었다.

'조금만 더. 조금만 더.'

괴한이 문을 열려는 듯 몸을 돌리고 그 문을 두 번 밟고 거꾸로 뛰어올랐다.

준혁의 시야에서 괴한이 사라졌다.

괴한이 준혁의 머리 위를 뛰어넘은 것이다.

준혁은 몸을 돌리기도 전에 목덜미에 큰 충격을 받고 쓰러졌다.

그것으로 전투는 끝났다.

'몸에 힘이 안 들어가.'

의식은 있었다.

괴한이 자신을 허리에 끼고 문을 열고 갑판으로 올라가는 모든 과정을 두 눈으로 볼 수 있었다.

괴한은 준혁을 갑판에 던졌다. 그리고 화려한 옷을 입은 비대한 남자에게 무언가 말했다.

준혁은 최후를 예감했다.

하지만 신은 준혁에게 또 한 번의 기회를 주었다.

우지지직!

범선은 세 개의 돛대를 가지고 있었다. 그중 가장 뒤편의 돛대가 부러지며 갑판으로 쓰러졌다.

쿵!

괴한이 비대한 남자를 안고 옆으로 피하는 모습이 보였다. 기회였지만 몸은 마비된 상태다.

"제발……."

마지막 발악처럼 준혁은 몸을 움직여 보았다.

"……!!"

거짓말처럼 손이, 발이, 몸이 움직였다.

준혁은 몸을 일으키고는 갑판을 가로질러 달려 그대로 바다에 뛰어들었다.

펑!

우지지직!

준혁의 등 뒤로 다시 폭음이 들리면서 이번에는 가장 전면의 돛대가 부러져 내렸다.

바다로 뛰어든 후의 기억은 매우 단편적이었다.

꼬박 이틀이다. 그 이틀 동안 준혁은 굶은 채로 거친 파도와 사투를 벌였고, 섬을 뛰어서 횡단했고, 해적들과 전투를 벌인 다음 괴한과 싸워 잡혔다.

선창에 갇혀 익사당할 고비를 넘겼고, 범선에 침입해 괴한과 다시 맹렬한 전투를 벌였다.

섬에 오고 난 후 체력이 좋아졌다고 하지만 경고등이 들어온 연료 탱크로 갈 수 있는 거리는 뻔하다.

허우적거리는 준혁에게 김성찬이 다가온 것까지는 기억이 난다.

김성찬이 준혁에게 말했다.

"끝났어요. 이제 쉬어요."

그 말은 마법과 같은 효력이 있었다.

준혁은 유라도, 뒤쫓아 올 괴한도, 해적도 잊고 의식을 잃었다.

＊　　　＊　　　＊

아르쥬와 동생 샤반 외즈칸은 고아였다.

어머니는 돌아가시기 전에 말씀하셨다.

"샤반을 돌봐주거라, 아르쥬."

아르쥬는 그러겠다고 대답했다.

그날 이후 남매는 척박한 사막에서 살아남기 위해 안 해본 일이 없었다.

유난히 몸이 날쌨던 두 사람의 주업은 날치기였다.

샤반이 상점에서 물건을 훔쳐 들고 달리면 아르쥬는 길목을 지키고 있다 뒤쫓아 오는 상인을 방해한다.

간단하지만 효과가 있는 방법으로 두 사람은 상당한 돈을 모았다.

어느 날 아르쥬는 바자르의 한 장신구 상점에 귀중한 팔찌가 들어왔다는 사실을 알게 되었다.

"마지막이야. 이번 일만 실수없이 끝내면 다른 나라로 가서 바자르에 가게를 낼 수 있을 거야."

"그래, 마지막이야, 누나."

정말 마지막이었다.

그날 이후 아르쥬는 샤반을 다시는 볼 수 없었다.

샤만이 아침에 다리를 다친 것부터가 예감이 좋지 않았다.

"포기할까, 누나?"

"아냐, 내가 달리면 돼. 네가 내가 했던 역할을 맡아."

"그래도……."

"이런 기회는 흔히 오지 않아. 샤반, 우린 할 수 있어."

할 수 있었다.

아르쥬는 팔찌를 훔쳐 들고 바자르의 좁은 통로를 달리기 시작했다. 그리고 샤반을 따라오는 상인 앞에 석류 상자를 뒤엎었다.

그때 누군가 말했다.

"그놈도 한패다."

그것으로 끝이었다.

샤반은 잡혀갔고, 샤반을 돌봐야 하는 아르쥬도 스스로의 발로 시파히에게 봉사하는 카지 앞에 출두했다.

파샤의 가신이자 영주인 사파이의 위임을 받아 파샤의 법을 집행하는 카지는 남매에게 손목을 자르라는 판결을 내렸다.

"하지만 파샤의 법은 언제나 가혹하지만은 않다. 너희에게 선택의 기회를 주겠다. 손목이 잘릴 테냐, 아니면 소금 광산으로 갈 테냐?"

소금 광산은 들어가면 살아서 나오지 못하는 곳이다.

하지만 남매는 소금 광산을 택했다.

손목이 잘려 굶어 죽는 것보다는 낫다 여겨서다.

소금 광산으로 이송될 날을 기다리며 감옥에 갇힌 남매에게 한 노인이 찾아왔다.

"날 따라가면 손목이 잘리지도 소금 광산으로 가서 죽도록 일하다 죽지도 않는다."

"따라가겠습니다."

노인은 남매 둘을 전부 원하지 않았다. 그가 원하는 사람은 아르쥬뿐이었다.

"누나, 돈 많이 벌어서 날 구해줘."

샤반은 웃으며 소금 광산으로 향했다.

노인의 이름은 콜론.

그리고 그는 상인에게 샤반이 아르쥬와 한패라는 사실을 알려준 사람이었다.

*　　　*　　　*

돛대는 부러졌다. 그것은 준혁의 탓이 아니었다.

그럼에도 우르지 파샤는 모든 분노를 준혁에게 쏟아부었다.

"저놈을 잡아오너라. 내 친히 저놈의 배를 갈라 심장을 씹으리라."

무라디 대선장이 우르지 파샤를 만류했다.

"불가합니다, 파샤."

"이유를 말하라."

"섬에서 남방전사를 찾는 일은 쉽지 않습니다. 또 한 척의 배가 손상을 입었으니 이젠 한계까지 시간이 촉박합니다. 지옥의 7월이 눈앞임을 유념해 주십시오."

"이… 이……."

우르지 파샤는 분을 참지 못하고 난간을 내려쳤다.

아르쥬는 망연자실해 있는 우르지 파샤에게 말했다.

"제가 남겠습니다."

"무슨 말이냐? 저놈을 죽이겠다는 말이냐? 내 화는 나지만 그럴 가치까지는 없다. 너도 무라디의 말을 들었잖느냐."

"제가 저 남자를 잡아 훈련시키겠습니다. 대전이 1년 남았음을 유념해 주십시오."

"……."

"그는 인간이 아닌 것 같은 완력을 가지고 있습니다. 내년 대전에 쓸 전사로는 더 이상의 사람을 찾기 힘듭니다. 마람파 샬국의 영광과 파샤의 명성을 위해 절 보내주십시오."

"1년은 홀로 지내야 한다."

"파샤를 위해서라면……."

"흠, 대단한 놈이기는 하다. 검은 멸치의 콧대를 납작하게 눌러줄 수 있나 싶었건만……."

　따지고 보면 돛대가 부러진 일은 남방전사의 책임도 아니다.

　선원 두 명의 목숨도 대전에서 승리한 후 얻을 만족감과 이익에 비하면 조족지혈이다.

　"좋다, 좋아. 그렇게 하려무나, 아르쥬! 하이레딘 들어라!"

　우르지 파샤가 결심을 했다. 그는 동생을 불러 명을 내렸다.

　"부르셨습니까, 형님 파샤."

　"아르쥬에게 보트 한 척과 필요한 물건들을 챙겨주어라. 아르쥬는 섬에 남을 것이니라."

　"명을 받들겠습니다, 형님 파샤. 아르쥬는 듣거라."

　"말씀하십시오, 하이레딘님."

　"저 배에서 마법 아티펙트를 한 개 찾아냈다. 너는 그런 물건이 더 있는지 조사를 해봐야 할 것이다."

　"그렇게 하겠습니다, 하이레딘님."

　하이레딘의 진지한 명령에 우르지 파샤가 웃음을 터뜨렸다.

　"허허, 아르쥬가 마법 아티펙트를 구별할 수나 있겠느냐?"

　"혹시나 해서 하는 말입니다, 형님 파샤."

　하이레딘이 준비를 위해 자리를 떠나자 우르지가 아르쥬에게 말했다.

"마법 아티펙트는 마음에 두지 마라. 어차피 며칠 뒤면 저 배는 고철 그 이상은 아닐 것이다. 네가 신경 쓸 일은 오로지 내년에 있을 야울 귀레쉬(Yagli Gures) 대전뿐이다. 내년 대전이 우리나라에 얼마나 중요한지는 네가 더 잘 알 것이다."

"잘 알고 있사옵니다, 파샤."

"일전 나는 너에게 네 동생을 소금 광산에서 꺼내주겠다고 약속했다. 만일 남방전사가 대전에서 공을 세운다면 그 약속에 더해 아르쥬 너를 아크랩의 수장으로 임명하겠다. 알겠느냐?"

"파샤의 은덕은 고린비 사막처럼 넓고 카클라코람 대산처럼 높아 이루 헤아릴 길이 없나이다."

감사를 표한 아르쥬는 무릎을 꿇고 우르지의 발에 입을 맞췄다.

*　　*　　*

타고 온 보트를 해변으로 끌어올린 아르쥬는 마람파샬국의 상징인 황금 낙타가 수놓아진 세 개의 돛을 올리고 섬을 떠나는 사략함대의 범선들을 바라보았다.

다섯 척이 와서 별 소득도 없이 네 척만 돌아간다.

그나마 한 척은 두 개의 돛대마저 부러진 초라한 귀환이다.

　대상들에게 거둬들이는 통행세와 6월 한 달 동안 상선들을 사냥해 벌어들이는 노획물로 제정의 대부분을 채우는 마람파 샬국에게는 최악의 상황이 아닐 수 없다.

　그래도 기회는 있다.

　하이난고람 토호연합국은 3년에 한 번 야울 귀레쉬 대전을 연다.

　야울 귀레쉬는 오일 레슬링의 일종으로 몸에 달라붙는 가죽 바지를 입고 온몸에 오일을 바른 후 대결을 벌여 상대편의 두 어깨를 땅바닥에 닿게 하면 이기는 경기다.

　하이난고람 토호연합국을 이루는 열두 개 토호국에서는 각국의 명예를 위해 각기 세 명의 대표를 출전시킨다.

　우승자에게 가는 상금은 상상을 초월하는 규모다.

　우선 각 토호국의 파샤들과 부족장, 유력 대상들이 내놓은 낙타 1,200마리, 양이 12,000마리가 주어진다.

　더불어 우승자의 몸무게와 같은 무게의 순금도 주어진다. 우승자는 영원히 영웅으로 칭송받는다.

　하지만 우승자가 받는 보상은 단지 표면적인 것에 지나지 않았다.

　야울 귀레쉬에는 한 가지 특별한 목적이 있다.

　하이난고람 토호연합국은 야울 귀레쉬의 우승자를 배출한 토호국이 향후 3년 동안 대표권을 행사한다.

대상의 운영, 세금, 교역 물품의 선정, 분배에서 얻어지는 이익을 독점함으로써 이뤄지는 혜택은 이루 말할 수 없이 크다.

야울 귀레쉬는 각국의 명운을 건 전쟁이나 다름없다.

참가자는 오러를 사용할 수 없다는 규칙에 따라 각국의 파샤들은 노예나 장정, 병사 중에서 특별한 힘을 가진 사람을 모아 훈련시킨 후 경기에 투입시킨다.

"그는 특별해."

그것만으로 충분했다.

아르쥬는 그라면 야울 귀레쉬에서 우승할 수 있다고 확신했다.

"그가 우승하면 샤반은 자유의 몸이 될 수 있어."

이 또한 사실이었다.

아르쥬는 재빨리 움직이면서 해변을 수색했다. 그리고 그리 오래지 않아 한 명의 발자국을 발견했다.

'발자국이 깊어. 한 명이 한 명을 짊어지고 이동했어.'

아르쥬는 발자국을 따라 정글로 들어갔다.

그녀에게 이런 추적은 일상과도 같아 전혀 어려운 일이 아니었다.

Chapter 08
섬

쿵!

준혁은 땅바닥에 머리를 찧고서야 의식을 되찾았다.

"더는 못해. 죽여, 날 죽이라고."

김성찬이 대 자로 누워 신세한탄을 하고 있었다. 준혁이 있

는 곳은 사방이 나무로 뒤덮인 정글 한복판이었다.

"어? 정신이 돌아왔군요. 무거워 죽는 줄만 알았습니다."

"……"

김성찬이 웃었다.

너무 고마워 눈물이 날 것 같았다.

건장하기는커녕 가냘프기까지 한 김성찬이 자신을 구해 100미터를 헤엄치고 여기까지 데려왔다.

강해지기 전의 준혁이라도 장담할 수 없는 행동이다.

"감사합니다."

"감사하긴요, 준혁 씨도 배에서 날 구해줬잖습니까."

"해적들은 어떻게 됐습니까?"

"잘은 모르지만 쫓아오는 추적자는 없는 것 같습니다. 갑자기 돛대가 부러지고 준혁 씨가 바다로 뛰어드는 것을 보았죠. 그러더니 꼬르르륵!"

"……"

"솔직히 그냥 숨어 있을까도 생각했습니다. 하지만 그럴 수 없더군요."

준혁은 몸 상태를 확인해 보았다.

'어디 부러진 데도 없는 것 같고… 무엇보다 활력이 돌아. 힘도 넘쳐.'

준혁과 달리 김성찬의 상태는 심각했다.

그는 숨 쉬는 것조차 힘들어 보였고, 삐었는지 발목도 부어 있었다.

"제 등에 업히세요. 은신처를 찾는 것이 우선입니다."

"하! 어제부터 쉬지 않고 움직였다면서 정말 체력 죽입니다."

"솔직히 저도 이유를 모르겠습니다. 이 섬에 도착하고 나서부턴 힘도 세지고 빨리 회복되는군요."

"아, 배에서 변한 것이 없냐고 물었던 이유가……."

"미안합니다. 그땐 경황이 없어서……."

"무슨 상관입니까? 저도 같은 선택을 했을 겁니다."

"이동하시죠."

준혁은 김성찬을 업고 정글 속으로 깊숙이 들어갔다.

그렇게 3킬로 정도를 들어가자 거대한 바위가 쌓여 있는 돌무더기가 나타났다.

준혁은 바위틈을 가리키며 말했다.

"여기가 좋겠습니다. 한동안 몸을 숨기기에 충분해 보입니다."

"괜찮은 장소 같기는 한데, 준혁 씨 당신 혹시……?"

"……."

"다시 해변으로 갈 생각이면 포기해요. 죽어요."

"어쩔 수 없습니다. 전 유라를 구해야 합니다."

"하~ 정말… 말릴 방법이 없군요. 저도 도왔으면 하지만 꼴이 말이 아니라서……."

김성찬의 말마따나 그는 움직일 형편이 아니었다.

준혁은 탈진한 김성찬을 바위틈에 숨기고 입구를 나뭇가지와 이파리로 위장했다.

"살아남으십시오. 건투를 빕니다."

"준혁 씨도 유라 씨를 꼭 구하길 바랍니다."

먼저 준혁은 바다의 여행자호로 향했다.

바다의 여행자호의 위치라면 적을 한눈에 정찰할 수 있다.

더 운이 좋으면 물과 중요한 무기도 얻을 수도 있었다.

＊　　　＊　　　＊

바다의 여행자호가 좌초한 해변에 도착한 준혁은 망연자실했다.

"……."

침몰한 배 말고는 다른 범선의 모습이 보이지 않았다.

준혁은 선측에 아직도 매달려 있는 줄사다리를 타고 바다의 여행자호로 올라갔다.

범선은 보이지 않았다.

"안 돼."

준혁은 더 높은 곳을 찾아 위로 계속 올라갔다.

바다의 여행자호에서 가장 높은 장소는 레이더와 통신 안테나가 달려 있는 마스트였다.

역시 범선은 보이지 않았다.

아르쥬는 발자국을 따라 이동했다.

추적을 의식하지 않은 무신경한 발자국은 고스란히 커다란 바위의 무더기로 이어졌다.

'혹시 무사가 아닌 것 아닐까?

남방무사들은 풀잎을 밟고 뛸 정도로 몸이 가볍다. 경지가 극에 달한 무사들은 물을 박차고 뛴다고도 했다.

'이해할 수 있어. 어쨌든 오러는 느껴지지 않았으니까.'

아르쥬는 작은 단검을 꺼내 들고 바위틈을 위장한 풀과 나뭇가지를 치웠다.

"……."

의외로 바위틈 안에는 아무도 없었다.

아르쥬는 몸을 돌려 주변을 살폈다. 분명 바위틈으로 들어간 발자국은 사람을 짊어져 깊이 찍한 발자국이고 나간 발자국은 혼자였다.

이것이 나타내는 의미는 단 하나다.

아르쥬는 단숨에 몸을 날렸다. 그녀의 신형이 거짓말처럼 나무 위에서 다시 나타났다.

＊　　　＊　　　＊

범선이 떠났고, 유라를 구하지 못했다는 사실을 인정해야 했다.

준혁은 이를 악물었다.

준혁은 역경에 굴복하거나 좌절하는 타입이 아니었다. 그는 자신을 가로막는 벽을 무너뜨리는 타입이었다.

"살아만 있어. 내가 갈게."

그래서 그의 입에서 흘러나오는 말이 허언처럼 들리지 않았다.

마스트를 내려온 준혁은 식당으로 향했다.

식당은 산산이 부서진 그릇과 넘어진 의자들로 전쟁터를 방불케 했다.

준혁이 찾고 있는 것은 물과 음식이었다.

식당에 붙어 있는 작은 바는 깨진 병과 병에서 흘러나온 술로 엉망이었지만 약간의 술 말고는 물은 보이지 않았다.

준혁은 식당 바로 아래층에 있는 조리실로 향했다.

조리실은 더 난장판이었다.

여기저기 넘어지고 쓰러진 조리 기구와 도구들이 이곳이 얼마나 철저하게 약탈당했는지 보여주고 있었다.

수도꼭지를 틀어보니 다행스럽게도 맑은 물이 콸콸 흘러나왔다.

쏴~

준혁은 허겁지겁 꼭지에 입을 대고 물을 마셨다.

“정말 살 것 같다.”

생각해 보면 바다의 여행자호는 완벽한 거처가 될 수 있다.

줄사다리를 걷어버리면 외부의 공격에서도 어느 정도 안전했고, 호화로운 객실이 널려 있으니 밤이슬과 모기 떼의 공격도 신경 쓸 필요가 없다.

“조난자 신세치고 이 정도로 호사스런 조건을 가진 사람이 있으려나?”

목마름을 채웠으니 이제 배를 채울 차례다.

“식료품 저장고가 어딘가?”

카드식 전자자물쇠와 손잡이에 달려 있는 일반 자물쇠로 이중으로 잠겨 있는 식료품 저장고는 조리실과 붙어 있었다.

전기가 나가 전자자물쇠는 자동으로 풀려 있었지만 일반 자물쇠는 아직 멀쩡했다.

확실히 좋은 징조였다.

“약탈당하지 않았다는 의미지. 그놈들, 바쁘긴 바빴나 봐.”

문을 열 도구가 필요했다.

조리실을 나와 복도를 헤매다 보니 화재 도구를 비치하는 장소에서 도끼와 노루발못뽑이, 속칭 빠루를 발견했다.

준혁은 빠루와 비치된 랜턴까지 들고 다시 식료품 창고로 돌아왔다.

다행스럽게도 건전지를 사용하는 랜턴은 정상적으로 작동

했다.

빠직!

그리 큰 힘을 주지 않았는데도 자물쇠는 경첩째로 떨어져 나갔다.

"확실히 힘이 강해졌어. 이계라서 그런 것 같지만… 확실한 이유를 모르니……."

깊이 고민하지 않았다. 힘이 강해져 나쁠 것은 없었다.

준혁은 랜턴을 켜고 식료품 창고로 들어갔고, 그 안을 보고 당황했다.

"……."

용도에 따라 몇 칸으로 나뉘어져 있는 식료품 창고는 거의 비어 있었다.

"귀항이 하루 전이었잖아. 어쩌면 당연한가? 게다가 좌초된 후 하루가 지나기도 했고."

그래도 300명이 넘는 인원이 먹을 식량의 남아 있는 분량은 무시할 만한 수준은 아니었다.

여기저기서 보물이 발견되었다.

먼저 준혁은 고기를 저장하는 냉장고에서 다량의 소고기, 양고기, 닭고기와 소시지를 발견했다.

준혁은 소시지를 양손에 들고 허겁지겁 입에 밀어 넣었다.

"씹지 않아도 그냥 흡수되는군."

야채 보관실에서 토마토도 발견해 한 개 집어 먹었다. 포도나 키위를 비롯한 과일도 먹었다.

후식은 냉동고에서 발견한 다 녹아버린 아이스크림이었다.

"감자, 과일, 야채……. 생선도 많아. 빨리 어떻게 하지 않으면 모두 상해 버릴 거야."

이런 일의 전문가는 단연 김성찬이다.

배를 채운 준혁은 객실로 올라가 배낭 하나를 비워 버리고 다시 식료품 보관실로 돌아왔다.

그리고 배낭에 체력을 보충할 수 있는 소시지와 쿠키, 초콜릿, 음료수와 생수를 밀어 넣었다.

조리실에서 칼도 몇 개 챙기니 부자가 된 기분이다.

마지막으로 준혁은 자신과 유라가 사용하던 객실로 향했다.

객실은 약탈의 손길이 닿지 않았는지 준혁이 담배를 피우러 갑판으로 나올 때 본 그 모습 그대로를 보존하고 있었다.

"……."

주인을 잃은 유라의 화장품과 옷가지가 준혁을 슬프게 했다.

준혁은 테이블 위에 덩그러니 놓여 있는 유라의 핸드폰을 발견했다.

전원 버튼을 눌러보았지만 역시나 전원이 들어오지 않았다.

김성찬의 말대로 선내의 모든 전자제품은 사용이 불가능한 상태였다.

"시대가 발전해서 안 좋은 점도 있어."

사진이라도 한 장 있었으면 좋을 뻔했다.

하지만 모든 사진은 두 사람이 가지고 있던 핸드폰과 디지털카메라, 노트북 안에 들어 있다.

세상이 좋아졌지만 추억은 전원을 빼면 꺼져 버리는 텔레비전처럼 휘발성으로 변해가고 있었다.

"여기 어디 있을 텐데……."

준혁은 유난히 커피믹스를 좋아한다. 유라는 준혁을 위해 커피믹스를 넉넉히 챙겨왔다.

샤워도 하고 옷도 갈아입고 커피믹스까지 몇 개 챙기고 나니 창밖으로 해가 지고 있었다.

석양은 유난히 아름다웠다. 그래서 더 슬퍼 보였다.

준혁은 객실의 문을 닫았다.

그리고 빠른 걸음으로 김성찬이 있는 바위를 향해 출발했다.

*　　*　　*

아르쥬는 나무 위에서 석상처럼 꼼짝도 하지 않고 있었다.

자신의 이목을 피해 사라진 남자. 그는 자신이 제압했던 남자가 아니었다.

그가 그런 능력을 가지고 있었으면 자신과의 대결에서 그렇게 허무하게 쓰러지지 않았을 것이다.

'넌 누구냐?'

해가 지고 있었다.

이제 아르쥬는 시간을 두고 사라진 남자에 대해 지켜볼 것인지, 아니면 자리를 피했다가 날이 밝으면 다시 가디언을 추적해야 할지 결정을 내려야 했다.

'응?'

인기척이 느껴지고 바로 불빛이 보였다.

불빛은 찾고 있던 남자가 들고 있는 조그만 막대기에서 나오고 있었다.

"……."

횃불은 아니었다.

그렇다고 등불도 아니었다.

빛은 벽에 뚫린 구멍을 통과하는 햇볕처럼 직진하고 있었다.

남자는 천하태평으로 걸어오고 있었다.

아르쥬는 단검은 고쳐 잡았다.

이제 사라진 남자만 나타나면 된다.

아르쥬의 관심은 언제든지 이길 수 있는 남자가 아니라 사라진 남자에게 쏠려 있었다.

바위가 보였다.

준혁은 랜턴을 흔들며 외쳤다.

"성찬 씨! 성찬 씨! 먹을 걸 가져왔어요! 물도 있습니다!"

바위틈을 덮고 있던 나무 잎사귀들이 밀려나오며 김성찬이 모습을 드러냈다.

"어, 어떻게… 다시 오셨습니까?"

"해변으로 다시 가보니 범선들이 떠나고 없더군요."

"하……. 그럼 부인은?"

"때가 오겠지요. 살아만 있으면 기회는 옵니다. 그건 그렇고, 바다의 여행자호에 들러 먹을 것을 챙겨왔습니다. 배 많이 고프시죠?"

김성찬의 눈이 반짝거렸다.

그는 준혁이 내미는 배낭을 헤집어 음식을 꺼내 입에 밀어넣기 시작했다.

"흡, 쩝쩝, 식료품 저장고가 약탈을, 쩝쩝, 당하지 않은 모양이군요. 쩝쩝."

"식량은 상당량 있는 것 같은데 오래 보관하지는 못할 것 같습니다."

"쩝쩝쩝, 전기가 없으니 그럴 수밖에요. 쩝쩝, 돌아가면 남아 있는 식량을 보관할 방법을 찾아봐야겠습니다. 쩝쩝."

준혁은 나뭇가지를 모아 불을 피웠다. 그런 다음 챙겨온 냄비에 생수를 붓고 물을 끓였다.

"혹시 그거 커피믹스 아닙니까?"

"맞습니다. 식후에는 역시 커피믹스죠."

"그리웠습니다. 세상 어디를 돌아다녀 봐도 우리나라 커피믹스만 한 물건이 없더군요."

"여행을 많이 하셨나 봅니다?"

"한국을 떠나온 지 벌써 20년입니다. 인생의 절반을 이런 저런 일을 하며 세계를 떠돌아다녔죠."

"그럼 결혼은?"

"하하하하, 했습니다. 아니, 했었다고 말하는 것이 맞겠죠. 뭐, 그런 겁니다."

"괜한 질문을 드렸군요. 미안합니다."

준혁은 조금 진하게 탄 커피를 내밀었다.

"미안하긴요. 절 살려주시고 이렇게 맛있는 커피까지 주시는데요."

김성찬이 수백 년 된 귀한 와인이라도 마시는 것처럼 조심스럽게 커피를 한 모금 마셨다.

"……"

잠시 머뭇거리던 김성찬은 다시 한 모금을 더 마신 후 고개를 갸우뚱하며 말했다.

"하……. 제가 상상했던 믹스커피와는 맛이 조금 다르군요."

"그렇습니까?"

혹시 변질됐나 하는 생각에 준혁도 커피를 한 모금 마셨다.

맛은 완전히 정상이었다.

항상 마시던 진한 프림과 설탕, 커피의 조화가 준혁을 기쁘게 했다.

"제가 항상 마시던 것과 똑같은 맛인데요?"

"애구, 제가 괜한 말을 했나 봅니다. 기억이 틀린 것이지 커피가 틀리겠습니까."

김성찬은 커피를 마저 마신 후 준혁에게 말했다.

"그럼 지금 배로 갑니까?"

"아무래도 그 편이 좋겠죠. 섬에서 하룻밤을 지내봤지만 모기를 이길 방법이 없더군요."

"알겠습니다. 배도 부르고 기운도 돌아왔으니 가시죠."

준혁은 발로 모닥불을 끄고 배로 돌아갈 준비를 했다.

김성찬은 배낭을 정리하면서 주변을 살폈다.

아르쥬는 눈을 의심했다.

분명 바위틈에는 사람이 없었다. 그런데 바위틈에서 남자가 기어 나오고 있다.

'말도 안 돼.'

아르쥬는 기어 나온 김성찬에게 주의를 기울였다.

'평범해. 어떤 오러도 느껴지지 않아.'

바위틈은 깊고 어두웠다.

그러니 실수라고 여기면 그만이다. 그편이 합리적이고 타당하다.

하지만 아르쥬는 신중한 암살자였다.

후환을 남기는 것은 암살자가 해서는 안 되는 치명적인 행동이다.

아르쥬는 김성찬을 죽이기로 마음먹었다.

'하지만……'

한편으로 다른 생각도 들었다.

김성찬은 준혁을 구했다.

준혁은 김성찬에게 음식을 가져다 주었다. 불을 피워 따뜻한 마실 것도 만들어 주었다.

김성찬이 준혁과 관계가 있는, 지위가 높은 사람일 수도 있다는 의미다.

'안 그래도 대부분의 유민이 죽었어. 남자를 훈련시키기 위해선 더 이상 그의 반감을 살 필요는 없겠지.'

아르쥬는 김성찬이 한 가지 시험을 통과하면 그를 살려주기로 결정했다.

모닥불을 끈 준혁은 뒤를 돌아보며 말했다.
"가시죠. 헛!"
하늘에서 검은 그림자가 김성찬의 뒤로 떨어지고 있었다.
준혁은 그림자의 손에서 달빛에 빛나는 단검을 보았다.
"피해!"
이미 늦었다.
그림자는 아직도 영문을 모르고 있는 김성찬의 목에 단검을 박아 넣었다.
"큭!"
아르쥬는 단검의 끝이 남자의 목덜미에 닿자 힘을 뺐다.
단검이 목에 박힐 동안 이 남자의 기는 아무런 변화가 없었다.
'평범한 인간. 나의 착각이었어.'
아르쥬는 남자의 등을 발로 차버렸다.
"컥!"
김성찬이 힘없이 나동그라졌다.
아르쥬는 김성찬에게 관심을 끊었다. 그녀의 관심은 오직 준혁에게 있었다.

준혁은 식칼을 잡고 그림자에게 내밀었다.

손이 떨리고 있었다.

준혁은 그림자의 정체를 알고 있었다.

“넌…….”

‘그녀’는 준혁을 두 번이나 쓰러뜨린 괴인이었다.

챙!

언제 했는지, 어떻게 했는지 몰랐다. 그저 번쩍했고, 손에 들고 있던 식칼이 날아갔다.

‘…….’

준혁은 그 순간 희열을 느꼈다.

‘배에서도 느꼈지만 저 여인은 날 죽일 생각이 없어. 그리고 나에게 원하는 것이 있어.’

범선은 떠났고, 여인은 남았다.

여인은 유라가 어디 있는지 알고 있다.

간단한 셈법이다.

여인에게 달라붙어 있으면 유라를 만날 수 있다.

준혁은 무릎을 꿇었다.

그리고 말했다.

“항복합니다.”

뭐라고 말하는지는 알 수 없었지만 가디언이 항복했다는 것은 확실했다.

아르쥬는 자기 가슴을 가리키며 말했다.

"아르쥬, 아르쥬 외즈칸."

그리고 가디언을 가리켰다.

지목을 받은 준혁은 천천히 대답했다.

"준혁, 준혁 리."

"성찬, 성찬 김."

김성찬도 얼른 자신의 이름을 말했다.

아르쥬는 두 사람의 이름이 남방대륙에서 사용하는 이름과 비슷하다는 사실을 발견했다.

좋은 징조다.

아르쥬는 남방대륙의 언어를 조금은 알고 있었고, 그 언어를 사용하면 대화를 할 수 있다.

아르쥬는 다시 말했다.

"준혁, 난 아르쥬 외즈칸. 널… 훈련… 시킬… 스승이다."

"……."

놀랍게도 준혁은 더듬거리는 아르쥬의 말을 알아들을 수 있었다.

발음이 이상하긴 하지만 그녀가 사용하는 단어는 영어가 분명했다.

*　　*　　*

단어와 몸짓과 땅바닥에 그리는 그림을 이용해 아르쥬와 준혁의 대화는 이어졌다.

"당신들이 데려간 열두 명의 여인 중에 내 아내가 있었습니다. 이름은 유라입니다. 혹시 아십니까?"

"유라라는 아가씨가 너의 부인이란 말이냐?"

"아는군요. 그… 그녀는 어떻게 됐습니까?"

준혁의 얼굴은 절실했다.

아르쥬는 망설였다.

'부인이나 연인일 줄은 짐작했어. 자, 어떻게 한다?'

당초 아르쥬는 준혁을 무력으로 제압하고 강제로 훈련을 시킬 생각이었다.

하지만 더 좋은 생각이 떠올랐다.

'이 남자는 아내가 마법사와 관련이 있고 마법사에게 구출된 것을 몰라. 그 점을 이용하면 효율적으로 훈련시킬 수 있어.'

아르쥬는 대답했다.

"그녀는 노예로 팔려갈 것이다."

"노예라구요?"

나름 예상했음에도 '노예'란 단어가 주는 끔찍함은 전혀 현실적이지 않았다.

"다만!"

"……."

"내가 섬에 남은 이유는 너의 자질을 높이 평가했기 때문이다. 네가 내 훈련을 잘 따라와 시합에서 승리한다면 넌 엄청난 돈과 명예를 거머쥘 것이다."

아르쥬는 준혁에게 그가 싸워야 할 경기와 그 보상을 설명해 주었다.

"그 돈이면 네가 잃어버렸다는 아내도 충분히 되찾을 수 있다."

아르쥬는 생각했다.

'그리고 내 동생도……'

진실이 언제나 희망을 가져다주는 것은 아니다.

아르쥬는 준혁이 아내에 대해 모르는 것이 그의 삶에 희망을 가져다줄 것이라고 판단했다.

그리고 그 희망을 원동력으로 삼아 강해질 것이다.

두 사람의 대화를 듣고 있던 김성찬이 끼어들었다.

"쩝, 난 준혁 씨 옆에 꼭 붙어 있어야겠군. 그래야 이 험한 세상에서 살아갈 수 있을 테니 말일세. 콩고물도 떨어질 테고……."

"성찬 형."

아르쥬의 관심이 준혁에게만 있자 김성찬이 불안감을 느

낀 모양이다.

준혁은 존대말을 함으로써 그를 안심시키려 했다.

그런데 아르쥬가 준혁의 입을 막고 나섰다.

"알아들을 수 있는 언어를 써라. 아니면 저 남자는 죽는다. 난 네가 필요하지 저 남자가 필요한 것은 아니다."

김성찬은 한국어를 사용했다. 아르쥬는 그 점을 지적하고 있었다.

준혁은 대꾸했다.

"알았습니다. 하지만 저분은 제 생명의 은인입니다. 저분에게 해가 가면 저도 쉽게 당신의 말을 따르지는 않을 겁니다."

"그럴 일은 없다. 너 성찬, 앞으로는 알아듣지 못할 언어를 사용하지 마라."

"알겠습니다. 그런데 준혁 씨, 나보고 형이라고 했나?"

"저보다 나이가 많으니까요."

"나야 좋지만……."

"성찬 형이 아니었으면 어떻게 제가 살아남아 아내를 구할 희망을 가질 수 있었겠습니까. 형님만 괜찮으시다면 우리는 함께합니다."

김성찬이 반색을 했다.

"하하하하! 그렇지? 이래 봬도 내가 요리에는 자신이 있어.

도움이 되면 됐지 거치적거리지는 않을 거야. 암, 이계에서 동포끼리 힘을 합쳐야지."

"당연합니다."

아르쥬는 두 사람의 대화에서 들린 한 단어에 주목했다.

"이계라고 했는가?"

"우리가 탄 배는 이곳이 아닌 세상, 전혀 다른 세상에서 빛을 타고 넘어왔습니다."

준혁은 자신이 겪은 일들을 설명했다.

아르쥬가 믿든 믿지 않든 상관없었다. 스스로도 믿기 힘든 일이 아닌가.

자신도 못 믿는 일을 타인에게 설득시키는 일은 그 자체로 불가능에 대한 도전이다.

역시 아르쥬의 대답은 예상대로였다.

"그 말을 믿으라는 말인가?"

"믿지 않는다 해도 어쩔 수 없습니다."

준혁은 어깨를 으쓱하고 한쪽에 두었던 랜턴에 손을 내밀었다.

스팟!

랜턴과 손 사이에 4센티 정도 길이의 송곳이 박혔다.

아르쥬가 싸늘하게 말했다.

"조심해라."

준혁은 천천히 랜턴을 집어 들었다.

"이것을 보여드리려는 겁니다."

랜턴의 스위치를 켜자 불이 켜졌다.

"모르긴 해도 이쪽 세상에는 이런 장치가 없을 겁니다. 안 그렇습니까?"

"마법이 아니란 말이냐?"

아르쥬가 손을 내밀어 램프를 만지며 물었다.

"마법이 뭔지는 몰라도 이건 전기로 작동하는 물건입니다. 횃불이 등불로, 등불이 가스등으로, 가스등이 궁극에 가서는 이런 방향으로 발전합니다."

"……."

놀라운 문물이다.

생각해 보면 로테야드 제국의 물건이라 간단하게 넘겼던 거대한 철선의 존재도 놀랍긴 마찬가지다.

'그렇다면 유라의 정체는 뭐지? 왜 이제는 사라져 이야기만 남은 마법사가 그녀를 구한거야?

아르쥬는 상관없다고 생각했다.

그녀에게 중요한 것은 단 하나, 이 남자를 훈련시켜 야울 귀레쉬 대전에서 우승시키고 동생 샤반 외즈칸을 소금 광산에서 꺼내는 일뿐이었다.

Chapter 09
기묘한 동거

준혁과 김성찬은 바다의 여행자호에서 지낼 것을 주장했
다.

"안락하고 편안합니다."

아르쥬는 단칼에 거절했다.

"포악한 7월은 이틀 남았다. 이틀 후면 바다는 지옥으로 변
한다."

"……."

"……."

바다는 잔잔했다. 태풍의 조짐도 없었다.

준혁은 다시 물었다.

"당신들의 배가 떠난 이유도 그 때문입니까?"

"맞다. 이틀 후 만월이 되면 꼬박 한 달간 이 섬이 속해 있는 미아헬모트 제도 인근은 죽음의 바다로 변한다."

"범선이면 몰라도 바다의 여행자호는 그렇지 않습니다. 저 배는 해변에 좌초했고, 강철로 만들어져 있습니다."

준혁의 반론을 들은 아르쥬가 코웃음을 쳤다.

"400년 전 한 왕이 7월의 바다를 시험하고 싶어 했다. 그는 나라의 쇠를 모두 긁어모아 자신의 모습을 딴 거대한 동상을 만들었다. 그리고 그 동상을 만조가 되면 바다에 잠기는 암초에 설치했다. 전설에 따르면 그 동상의 크기는 성인 남자 키의 20배에 달했다고 한다."

동상이 그 정도 크기라면 물경 200톤 이상의 무게를 자랑했을 것이다.

"동상이 세워진 날 왕은 자신이 미아헬모트 제도를 정복했노라 공표했다. 하지만 다음날 아침 사람들은 동상이 거인이 구겨 버린 나뭇잎처럼 망가진 모습을 발견했다. 그리고 전날 밤이 바람 한 점 없는 고요했다는 사실을 떠올렸다."

"……"

"그 뒤로도 몇몇 시도가 있었고, 처참하게 실패했다. 우리에게 7월의 미아헬모트 제도는 죽음의 땅이다."

바람이 없었다 하니 풍랑은 아니다.

그렇다고 지진도 아닌 것 같다.

어쨌든 거짓말을 할 이유가 없으니 믿어 나쁠 일은 없다.

"좋습니다. 당신 말대로 하죠. 하지만 어쨌든 이틀은 안전하다는 이야기 아닙니까? 오늘밤은 바다의 여행자호에서 지내죠."

준혁이 결론을 내렸다.

김성찬은 말할 것도 없고 아르쥬도 준혁이 말한 이계의 신문물을 눈으로 보고 싶었는지 잠자코 고개를 끄덕였다.

바다의 여행자호에 도착하자 신난 사람은 김성찬이었다.

"어쨌든 새로운 시작의 첫날밤이니 맛있는 요리로 축하를 해야지? 식당을 좀 정리해 둬. 요리는 내가 할게."

"전기가 없을 텐데요?"

"가스는 작동하지 않을까?"

"그럴지도 모르겠네요. 랜턴이 켜지고 시계가 작동하는 것을 보면 전자회로가 없는 제품은 작동하는 것 같으니 말입니다."

"기대해도 좋아!"

우선 필요한 것은 조명이었다.

불을 피워볼까도 생각했지만 실내라서 아무래도 무리가

있었다.

준혁과 김성찬은 복도를 뒤져 랜턴을 모으기 시작했다. 비상시에 필요한 물품은 객실마다 비치되어 있어 금방 상당한 수량의 랜턴을 모았다.

"아까운데… 두고 두고 요긴할 때가 많을 거야."

"어쩔 수 없죠. 당장이 문제 아닙니까."

"그야 그렇지만……."

몇 무더기의 랜턴을 들고 김성찬이 조리실로 떠나자 준혁은 식당으로 돌아왔다.

그리고 어둡지 않게 랜턴을 사방에 배치한 다음 엉망인 식당을 정리하기 시작했다.

그 모습을 잠자코 보고 있던 아르쥬는 호기심이 발동했는지 벽에 걸린 사진이나 장식품들을 둘러보기 시작했다.

정리라고 해봤자 이틀 쓸 공간이다.

준혁은 잡동사니들을 모두 한구석으로 몰아넣고 테이블 한 개와 의자 세 개를 챙기는 것으로 청소를 마쳤다.

테이블로 돌아오는 준혁에게 아르쥬가 사진들을 가리키며 물었다.

"이 그림들을 그린 사람은 엄청난 예술가였겠어. 이토록 정교한 그림은 본 적이 없어. 예술성은 떨어지지만."

"사진이란 겁니다. 그리는 것이 아니라 보이는 사물을 똑같이 찍어낸다고나 할까요."

"사진이라……. 역시 너희의 문화는 조잡하군."

"네?"

"가구들은 화려하지만 기품이 없고 정교하지 않아. 그림도 세밀하긴 하지만 감정이 없어. 컵도 병도 그릇도 장식품도 모두 그런 식이야. 너희 문화의 특징인가?"

"……."

다른 문명의 충돌.

준혁은 사진을 찍히면 영혼이 빠져나간다고 믿었던 남태평양 원주민들의 이야기가 생각났다.

그래서 대답 대신 질문을 선택했다.

"한 달 뒤면 배들이 돌아오는 겁니까?"

"아니다. 그 정도가 약해질 뿐이지 바다는 계속 거칠다. 내년 풍요의 6월이 오기 전에 이곳에 오는 배는 없을 것이다."

"그래서 1년이라고 했군요."

"그렇다. 앞으로의 1년이 너와 네 부인 유라의 운명을 결정하는 시간이다."

"내가 그럴 자질이 있다고 했습니다. 정말 그렇습니까?"

"정확히 그렇다. 넌 인간 같지 않은 괴력을 가지고 있다. 그 점은 네가 휘두른 칼을 받아본 내가 가장 잘 안다."

"당신의 눈이 정확했길 빕니다."

준혁의 눈빛은 강렬했다.

아르쥬가 차갑게 웃었다.

"너는 자신의 처지를 정확하게 인식할 필요가 있다. 야울 귀레쉬 대전에서 우승하지 못하면 넌 아무것도 아니다. 투기장에서 몬스터의 먹이가 되든지 죽을 때까지 소금 광산에서 소금을 캐는 노예 신세가 될 것이다."

내 동생처럼.

그를 위해서도 동생을 위해서도 준혁은 우승을 해야 한다.

냉랭한 분위기를 깬 사람은 김성찬이었다.

그는 카트에 가득 음식을 담아 식당으로 밀고 들어오면서 말했다.

"자, 자, 먹자고. 먹어야 살고, 살아야 부인을 구하지. 그리고 아르쥬도 배를 채워야 준혁을 가르치고 무엇인지는 모르겠지만 목적도 이룰 것 아닌가?"

"……."

준혁은 찜찜하던 마음 한구석이 뻥 뚫리는 기분을 느꼈다.

아르쥬는 순전히 자신을 교육시키기 위해 섬에 남았다. 그녀에게도 자신을 통해 이루고 싶은 목적이 있다는 의미다.

'넌 승리를 원하고 난 유라를 원해.'

주고받을 것이 있으면 거래는 이뤄진다.

"그런데 아르쥬의 동료들이 유리잔과 접시를 모조리 쓸어가 버려서 그릇이 없어. 나도 나름 최선을 다했다고."

김성찬의 말대로 요리는 도자기 접시가 아닌 알루미늄 호일을 접어 만든 접시와 프라이팬에 담겨 있었다.

애피타이저인 올리브 향의 토마토와 관자 요리로 식사가 시작되었다.

"이것 괜찮은데요. 확 입맛이 돕니다."

"그렇지? 내 장기 중 하나라구. 원래는 차갑게 먹어야 하는데 냉장고를 쓸 수 없어서 조금 아쉬워. 게다가 토마토가 더 신선했어야 하기도 하고……."

"이 상태로도 좋습니다. 그런데 아르쥬 씨는 그것 안 벗으실 건가요? 음식을 먹을 수 없잖습니까?"

김성찬의 자화자찬에 맞장구를 쳐준 준혁이 아르쥬에게 물었다.

아르쥬는 검은 부르카같이 보이는 옷을 입고 있었다. 눈만 보이고 나머지 부위를 꽁꽁 싸맨지라 도저히 음식을 먹을 수 있을 것 같지 않았다.

"……."

아르쥬는 고민했다.

확실히 배가 고팠다. 요리도 맛있어 보였다.

그녀가 다른 남자에게 얼굴을 보일 수 있는 조건은 딱 두

가지, 가족이거나 주인인 우르지 파샤가 동석한 경우에 한한
다.

하지만 이 자리에는 우르지 파샤가 없다.

준혁은 아르쥬의 망설임을 눈치챘다.

아르쥬가 속해 있는 집단의 문화와 양식은 아랍의 그것과
매우 흡사했다.

배고픈 듯 음식을 뚫어지게 보면서도 준혁과 김성찬의 눈
치를 보고 있는 모습도 그런 생각을 강하게 만들었다.

"1년간은 세 사람뿐입니다."

준혁은 어렵게 찾아낸 샴페인을 종이컵에 따라 아르쥬에
게 내밀었다.

아르쥬가 잠시 망설이더니 잔을 받아 앞에 내려놓았다. 그
리고 자리에서 일어나더니 입고 있던 부르카를 벗었다.

"……."

"죽이는구먼. 볼리우드 영화의 주인공 같아."

준혁도 전적으로 동의했다.

생기 있고 가무잡잡한 피부, 잘록한 허리, 길고 숱이 많아
풍성한 곱슬머리, 뚜렷한 이목구비, 약간 도톰한 입술, 오뚝
한 콧날, 빠져들 것 같이 커다랗고 반짝이는 눈.

최신 시스루 패션처럼 속이 비치는 바지와 배꼽이 훤히 보
이면서 몸에 끼는 블라우스, 그 위에 걸친 화려한 장식이 된

조끼.

하지만 두 남자의 시선을 한 몸에 받은 아르쥬는 벌거벗고
대로에 나선 듯한 수치심을 느끼고 있었다.

핑!

핑!

"헉!"

"컥!"

말보다 행동이었다.

아르쥬는 두 개의 표창을 날려 남자들을 응징했다.

요리는 김성찬의 장담대로 대단히 훌륭했다.

애피타이저를 먹고 나자 아스파라거스 크림수프, 토마토
와 여러 가지 야채로 맛을 낸 농어 스튜가 이어졌다.

메인은 토스카나 와인 소스를 끼얹은 소고기 안심 스테이
크였다.

"디저트가 부실해서 자존심이 상하네. 우유나 아이스크림,
생크림이 모두 상하기 직전이라……. 아쉽지만 과일뿐이야."

"이것만으로도 훌륭합니다."

말은 그렇게 했지만 준혁은 속마음은 전혀 그렇지 못했다.

배는 채웠지만 속에서 올라오는 느끼함이 정도를 지나쳐
온몸이 버터로 녹아내리는 것 같았다.

마음이 표정으로 나타난 모양이다.

김성찬이 잠시 양해를 구하고 자리를 떴다.

잠시 후 돌아온 김성찬의 손에는 컵라면 세 개와 봉지 김치가 들려 있었다.

"나도 한국사람 아닌가. 몇 개 비축해 놓은 것이 있지."

"세상에……."

준혁은 환호했다.

뜨거운 물이 준비되고 초조한 3분의 기다림이 끝나자 대한민국 사람에게는 그 어떤 성찬보다 우월한 음식이 준비되었다.

아르쥬는 준혁이 내민 붉은 용기를 들고 망설였다.

내용물은 흔한 국수 종류였고 별다른 건더기도 없었지만 그녀를 망설이게 한 것은 타는 듯한 붉은 수프였다.

'먹어도 될까?

지근에서 우르지 파샤를 모시는 덕분에 아르쥬는 요리에 독이 있는지 알아보기 위해 귀하다는 요리들을 숱하게 경험했다.

아르쥬의 판단으로는 김성찬의 요리는 우르지 파샤가 경험했다면 천금을 주고서라도 스카우트했을 만큼 훌륭했다.

'더군다나 제한된 재료와 도구를 가지고 만들어 부족한 점

이 많다고 말했어.'

하지만 이 정체 모를 붉고 불길해 보이는 수프는 달랐다.

그런 아르쥬의 마음을 컵라면에 정신이 팔린 두 남자가 알 리 없다.

준혁과 김성찬은 찬사를 아끼지 않으며 라면을 흡입하고 말라비틀어진 빵을 국물에 찍어 먹었다.

"대한민국 사람은 역시!"

"라면과 김치야!"

"하얀 쌀밥이 그립군요."

"쌀이 있긴 한데 길쭉한 장립종이야. 볶음밥에나 적합하지."

"정말 아쉽습니다."

"그러게 말일세."

마지막 국물 한 방울까지 남김없이 핥아 먹은 준혁은 그제야 멍하니 두 사람을 바라보고 있는 아르쥬를 발견했다.

"식고 면발이 불면 맛이 없어요. 얼른 먹어요."

"배부르면 놔두든지……. 우리가 대신 먹어줄 수도 있고……."

아르쥬의 얼굴을 본 순간부터 김성찬은 은근슬쩍 아르쥬에게 말을 놓고 있었다.

어쨌든 아르쥬는 김성찬의 얼굴에서 진심을 느꼈다.

그 점은 준혁도 마찬가지였다.

두 사람은 이 누들수프에 눈독을 들이고 있었다. 그래서 대꾸했다.

"내가 먹을 거예요."

실수였다.

단 한 입이었다.

입이 불이 난 것처럼 화끈거리며 타오르고 숨이 막혔다. 눈에서 쉬지 않고 눈물이 흘러내렸다.

아르쥬는 놀란 준혁이 가져다준 물을 마시며 결심했다.

'훈련 강도를 두 배로 할 거야.'

그리고 남은 라면을 아깝다며 먹는 준혁의 모습을 보고 그 생각을 수정했다.

'두 배로는 부족해. 세 배, 아니, 네 배가 좋겠어.'

그렇게 준혁의 훈련 강도가 마음대로 정해지고 있었다.

＊　　　＊　　　＊

식사가 끝나자 준혁은 아르쥬를 바다가 한눈에 내려다보이는 객실로 안내했다.

방은 약탈의 흔적으로 엉망이었다.

준혁은 탁자 위에서 주인을 잃은 작은 액자를 발견했다. 액

자의 사진 속에는 평생을 함께했을 백발이 성성한 백인 노부

부가 활짝 웃고 있었다.

준혁은 그 액자를 아르쥬에게 건넸다.

"평생을 열심히 일하고 자식을 낳아 키우고 백발이 성성해

져서야 비로소 여유가 생겨 이 여행을 계획했겠죠, 자신들의

인생에 주는 선물처럼. 그런데 당신들은 이 사람들을 무자비

하게 죽였어요."

"……."

아르쥬는 준혁의 말을 이해할 수 없었다.

힘을 가진 자가 더 많이 가진다.

얼마나 간단한 명제인가.

두 부부가 현명했다면 더 강한 호위무사를 고용했을 테고,

애초에 해적들이 호시탐탐 노리는 바다 여행을 시도도 하지

않았을 것이다.

그들이 죽은 것은 모두 스스로의 선택 때문이다.

대답을 바라고 한 질문은 아니다.

그저 노부부의 환한 웃음이 자신이 꿈꾸던 유라와의 미래

였기에 뱉은 말이다.

준혁은 아르쥬를 외면한 채 욕실의 샤워 꼭지를 틀었다.

"따뜻한 물은 안 나와도 찬물은 나옵니다. 여기를 돌리면

물이 나오니 샤워를 하세요."

"이런 화려한 방을 사용할 정도로 부유한 부호가 목욕을
도와줄 시종이 없다는 사실이 놀랍군요."

준혁은 되물었다.

"당신도 목욕을 할 때 누군가 도와줍니까?"

"……"

의미없이 툭 던진 준혁의 말이 비수처럼 아르쥬의 심장에
박혔다.

그녀는 노예다.

아르쥬는 대답 대신 손으로 문을 가리켰다. 축객령이다.

준혁은 아르쥬의 눈빛에서 슬픔을 느꼈다.

'그녀 또한 운명의 소용돌이에 힘없이 말려들어 가는 힘없
는 민초에 불과한 것일까?

달리 확인이 필요하진 않았다.

그녀의 눈빛이 모든 것을 말해주고 있었다.

술이 필요했다.

방을 나온 준혁은 라운지에 있는 바로 향했다.

바의 카운터에서 반쯤 남은 코냑을 발견한 준혁은 잠시 망
설인 후에 병을 다시 내려놓았다.

기분만으로 취하기에는 처한 현실이 녹록하지 않았다.

내일은 바쁜 하루가 될 것이다.

그래서 독한 술보다는 맥주가 좋았다.

캔에 든 맥주는 술이라고 생각하지 않았는지 엄청난 양이 남아 있었다.

짭짜름한 캐슈넛 몇 개를 안주 삼아 맥주 캔을 비우고 있노라니 김성찬이 나타났다.

그는 테이블에 앉아 들고 있던 노트를 던지며 말했다.

"남은 식량을 조사했어."

"어때요?"

"알다시피 우리 배는 그저께 플로리다 항으로 귀항할 예정이었어. 그런데 어제 하루 종일, 그리고 오늘 아침까지 식사를 대접해야 했지. 남은 식량이 거의 없어."

"저도 식료품 보관실에 가봤는데 아직 많던데요?"

"육류와 생선, 채소, 우유 등 메인이 되는 재료는 항상 충분하게 실으니 그렇지. 하지만 보관이 문제야. 소고기가 몇 톤이 있어도 보관할 방법이 없잖아."

"훈제나 뭐 그런 방법 있잖습니까?"

"도구도 없을뿐더러 시간도 없어. 이 배에서 지낼 수 있는 시간이 내일, 모레 이틀뿐이라면서?"

"……"

준혁은 김성찬이 던져놓은 리스트를 읽어보았다.

"장기 보관이 불가능한 재료들을 제외하면… 소시지가 22kg,

감자가 74kg, 계란이 178개, 밀가루가 60kg, 쌀이 20kg, 시리얼이 8kg 남짓, 젤리 1kg, 차와 커피는 다량, 각종 향신료, 설탕, 소금도 다량, 맥주 600캔. 맥주는 원없이 먹겠군요."

속이 탔는지 맥주 한 캔을 단숨에 들이켠 김성찬이 대꾸했다.

"세 명이 1년을 살아남아야 해. 하지만 아무리 계산해 봐도 3개월 이상은 무리야. 그 후에는 자급자족해야 한다는 말이지."

"여기는 열대 섬입니다. 섬을 횡단할 때 몇 가지 과일을 보아두었습니다. 먹을 수 있는지는 확인을 해봐야 하겠지만요. 그리고 개울에서 가재도 발견했습니다. 물고기도 있겠지요."

"찾아보면 승객 레저용으로 사용하던 낚시 도구도 있을 거야. 리스트가 길어지겠구만."

"당장의 생존도 중요하지만 섬에서 살려면 이런저런 물품이 많이 필요할 겁니다. 그리고……."

준혁은 목소리를 낮추고 말했다.

"섬에서 나간 후도 생각해야 합니다. 작고 돈이 될 만한 것들이 필요하겠죠."

"예를 들면 금이나 보석류 말이지? 하지만 워낙 해적 놈들이 싹 쓸어가는 바람에……."

"찾아봐야죠."

"흠……. 이런 건 어떨까?"

잠시 고민하던 김성찬이 주머니에서 라이터를 꺼냈다.

"판타지 소설에서 보면 라이터나 비누를 만들어서 떼돈을 벌잖아."

"과연 그럴까요?"

준혁은 부정적이었다.

"아르쥬가 그림을 보면서 싸구려라고 했습니다. 실제로 해적들은 우리가 귀중품으로 여길 만한 카메라나 전자제품은 거들떠보지도 않았습니다. 여긴 귀족들이 지배하는 사회입니다. 플라스틱 일회용 라이터 따위는 그들에게 아무런 의미가 없습니다."

"어차피 하인이 다 한다는 말이군."

"그렇습니다. 그렇다고 라이터 몇 개를 평민에게 팔아 얼마나 받겠습니까?"

문명의 차이는 심각했다.

그 차이점을 고려하니 막상 돈이 될 만한 물건이 쉽게 떠오르지 않았다.

"쩝……. 난감하구만. 그럼 무엇으로 돈을 만들지?"

김성찬의 질문에 준혁이 웃으며 말했다.

"금고가 있습니다."

"금고라……. 아, 그렇군!"

준혁의 말을 들은 김성찬이 박수를 쳤다.

"조금 전 아르쥬를 선실에 데려다 주고 오면서 몇몇 객실을 확인해 보았는데 개인 금고들이 손상되지 않고 그대로 남아 있었습니다. 그 안에 돈이 될 만한 것들이 있을 겁니다."

"그래, 맞아. 우리 배의 고객은 대부분 부호들이지. 그들은 저녁 만찬에 착용할 귀중품들을 금고에 보관해. 아, 그리고 로비의 리셉션에도 금고가 있어. 승객들이 개인적으로 맡기는 귀중품을 보관하는 용도야."

"좋은 정보입니다. 그곳도 뒤져봐야겠군요."

"하지만 금고를 어떻게 열려고?"

"은행 금고도 아닌데 열 방법이 없겠습니까. 다 방법이 있습니다."

준혁이 생각해 둔 방법은 배의 유지, 보수팀에서 사용하는 산소 절단기였다.

"그리고 도서관에서 책들도 챙겨야 합니다. 언어가 다르니 팔 순 없어도 우리에게 필요한 지식을 얻을 수 있을 테니까요."

"백과사전이 있어!"

"맞습니다. 승객들이 소지한 책들도 뒤져봐야죠. 우리에게 도움이 될 만한 것은 뭐든지."

고개를 끄덕이던 김성찬이 다시 질문했다.

“하지만 일 년 뒤 저들이 돌아오면 덜렁덜렁 그런 물건을 가지고 따라갈 수는 없지 않겠어?”

“당연하죠. 그러니 숨겨야죠. 다행히 아르쥬는 현대 문명에 대해 문외한입니다. 이것저것 모조리 옮겨두고 제가 훈련받는 동안 형님이 숨겨야 합니다.”

“보물섬이군.”

김성찬이 이제야 알겠다며 고개를 끄덕였다.

하지만 준혁은 고개를 저었다.

“아닙니다.”

“아니라고?”

준혁이 아니라고 하자 김성찬이 되물었다.

준혁은 자신의 생각을 말해주었다.

“그렇습니다. 보물섬이 아니라 몬테크리스토 섬이죠.”

“단순히 해적의 보물을 찾는 것이 아니라 복수를 이루기 위해 숨겨진 보물을 찾는다. 자네 말이 맞아.”

생존만으로는 부족하다.

준혁은 유라를 구한 후 이 섬으로 되돌아올 생각을 하고 있었다.

지구에서 이 세상으로 온 계기가 된 빛이 열린 장소가 바로 이곳이다. 그렇다면 언젠가는 지구로 돌아갈 수 있는 빛도 열릴 것이라 기대함이 옳다.

이런저런 생각에 잠겨 있는 준혁에게 김성찬이 맥주 한 캔을 건네며 물었다.

"자넨 무슨 일을 하던 사람인가?"

"직업은 박물관 큐레이터입니다."

"큐레이터라고? 그런데 생각하는 것도 그렇고 싸우는 솜씨나 사람을 죽이는 품이 먹물 먹은 사람 같지 않아 보여."

"군복무를 특전사 부사관으로 4년 했습니다. 그래서 그렇게 보일 겁니다."

"아, 그랬군. 하여튼 자네만 믿네."

"하루가 길었습니다. 일찍 주무시죠. 내일은 오늘보다 더 길 겁니다."

"알았네. 몸은 피곤한데 정신은 멀쩡해. 맥주 몇 캔 더 챙겨 올라가겠네. 항상 나도 승객들처럼 스위트룸에서 자볼 날을 꿈꿔왔지. 하지만 이런 식으로 그날이 올 줄은 몰랐어."

"……."

김성찬이 여섯 캔짜리 맥주 팩을 들고 객실로 올라갔다.

그가 선택한 객실은 선내에서 가장 호화로운 로열스위트룸이었다.

준혁도 맥주 캔을 들고 갑판으로 나갔다.

짭짜름하고 축축하면서 후덥지근한 공기가 준혁을 맞아주었다. 맥주 캔을 비운 준혁은 캔을 구겨 버리려다 멈췄다.

“하, 이런 것도 컵으로 사용할 수 있겠지. 무언가 끓여 먹는 용도로도 사용할 수 있을 테고……”

벌써 이곳 생활에 적응하고 있었다. 그 점이 정말 싫었다.

준혁은 오기가 나 캔을 바다로 던져 버렸다.

유난히 크고 밝은 달빛에 비친 은빛 알루미늄 캔의 궤적을 따르던 준혁의 시선이 한곳에서 멈췄다.

준혁은 터져 나오는 웃음을 참을 수가 없었다.

“크크크크크.”

한참을 미친 사람처럼 웃던 준혁은 외쳤다.

“왜 이놈을 생각 못했지? 정말 멍청해도 이렇게 멍청할 수가!!”

준혁은 날듯이 달려 승객용 데크의 최하층으로 내려갔다.

로비를 지나 문을 열고 나가니 그가 처음 바다의 여행자호를 탔을 때 들어왔던 입구가 나왔다.

준혁은 입구 옆으로 설치된 난간과 벽 사이의 트랙, 즉 승객용 조깅 코스를 따라 달렸다.

“크크크크크크.”

그것 앞에 도착한 준혁은 다시 미친놈처럼 웃었다.

*　　　*　　　*

준혁이 발견한 것은 구명보트였다.

"안전 훈련까지 받아놓고선 까마득하게 잊고 있었다니……."

플로리다에서 바다의 여행자호가 출항하기 30분 전 사이렌이 울렸다.

짧게 일곱 번, 길게 한 번 울리는 것을 신호로 준혁과 유라는 선실에 비치된 구명조끼를 입고 이곳으로 뛰어왔었다.

"그때 무척 놀랐었지. 생각하던 구명보트와 완전히 달랐으니까."

150인승 구명보트는 길이가 20m가 넘었고 물이 스며들지 않도록 붉은색 방수포로 만들어진 지붕까지 달려 있었다.

'엔진도 달렸다고 했어. 움직였으면 좋겠지만 지금은 확인할 길이 없고……. 지금 중요한 것은 엔진이 아냐.'

준혁은 구명보트의 안전 손잡이를 고정하고 있는 안전핀을 뽑은 다음 방수문을 열고 안으로 들어갔다.

찾는 물건이 바로 보이지는 않았다.

한참을 어두운 구명보트에서 랜턴을 비추며 찾던 준혁은 바닥에서 펼쳐 돌리는 손잡이를 발견했다.

분할된 바닥을 들어 올려 젖히자 그가 그렇게도 애타게 찾던 상자들이 모습을 드러냈다. 구명보트는 1톤에 달하는 비상 물자가 탑재되어 있다.

준혁이 찾는 것은 바로 그 물자였다.

"나이스!"

열어젖힌 바닥 안쪽 면에는 친절하게도 비치된 물자의 리스트가 적혀 있었다.

"모두 35종류!"

엔진 가동을 위한 경유가 300리터.

장기 보관이 가능하도록 진공 포장된, 150명이 하루에 네 끼씩 6일을 버틸 수 있는 비상식량.

멸균 및 염분, 미네랄까지 최적으로 조절되어 113g 단위로 연질 레토르트 식으로 개별 포장된 장기 보관용 물이 450리터.

더불어 만일의 환자에 대비한 비상약품 키트와 로켓 낙하산 신호기, 휴대용 섬광기, 스모그 발생기, 호루라기도 있었다.

준혁은 비상 물자에서 인공위성 위치 추적용 레이더 반사광 발사기를 찾아내고선 웃어버렸다.

"인공위성이 있다면 말이지. 이곳에는 인공위성은커녕 글라이더도 없다고."

보물은 계속해서 나타났다.

"낚시 세트, 잭나이프, 손도끼, 노와 밧줄, 물바가지까지 있어."

준혁은 내친김에 비상식량 한 박스를 꺼내보았다.

혼자 들기 버거울 정도로 무거운 박스를 열어 보니 세로 10.5㎝, 가로 5㎝, 높이 10㎝짜리 진공 포장된 박스가 스물네 개씩 들어 있었다.

"군 시절 먹었던 것과 거의 흡사해."

비닐을 뜯어내고 작은 박스를 열자 내용물이 모습을 드러냈다.

"쿠키바 세 개, 시리얼바 두 개와 당분 보충용 캔디, 비타민 보충용 레몬 티 가루, 스프 가루. 한 상자로 1,440kcal! 이걸 하루에 네 개. 충분하진 않지만 그렇다고 부족하지도 않아."

이 구명정에 있는 식량만으로도 세 명의 300일치 식량이다.

게다가 이런 구명정이 양측에 세 대씩 모두 여섯 척이 있다.

"승선 인원의 두 배가 탈 수 있는 구명정을 구비한다고 했지."

배가 기울어 한쪽 편의 구명정을 사용하지 못할 사태에 대비해서라고 했다.

준혁은 만족스런 미소를 지으며 구명보트에서 나왔다.

그리고 맥주 캔 한 개를 더 챙겨 객실로 향했다.

유라와 묵던 객실에 도착한 준혁은 잠시 망설이다 문을 열었다.

어둠과 약간은 후덥지근한 공기가 준혁을 거부하는 것처럼 느껴졌다.

밝은 달빛과 발코니 전면을 채운 창 덕분에 객실은 사물을 알아볼 수 있을 만큼 환했다.

"휴~"

길게 한숨을 쉰 준혁은 이러저리 널려 있는 옷가지와 짐을 챙기기 시작했다.

그리고 여행용 캐리어에 그 짐을 차곡차곡 담았다.

"이 옷은 유라가 유난히 좋아하던… 이 샌들도 정말 좋아했어. 다 떨어져서 새로 사주겠다고 해도 절대 싫다고 했지. 큰맘 먹고 산 선글라스를 빼놓으면 안 되지. 암. 이걸 사주려고 내가 용돈을 얼마나 아껴야 했는데……."

달빛에 비친 준혁의 어깨가 흔들렸다.

준혁은 울었다. 하지만 그 눈물은 오래가지 않았다.

준혁은 침대 구석에서 유라의 손수건의 끝이 삐죽 튀어나온 것을 발견했다.

"……."

꺼내보니 손수건 안에는 목걸이가 들어 있었다.

"이건……."

목걸이는 유라를 만난 그날부터 그녀가 단 한 순간도 떼어놓지 않았던 물건이다.

"유라."

준혁은 이것을 유라가 남긴 메시지라고 생각했다.

—날 구해줘요.

목걸이는 그렇게 말하고 있었다.

준혁은 주먹으로 눈물을 닦아냈다.

유라를 구하기 위해서는 강해져야 한다.

지금 이 순간 눈물은 현 상황을 호전시키는 데 아무런 도움이 되지 않는다. 준혁은 그렇게 생각했다.

＊　　＊　　＊

준혁이 떠난 후 아르쥬가 맞닥뜨린 고민은 한두 가지가 아니었다.

첫 번째 고민은 하루 종일 격한 움직임 때문에 끈적끈적해진 몸을 씻어내기 위해 꼭 필요한 비누였다.

그런데 비누를 비롯한 생필품들과 다른 옷가지들이 들어 있는 보따리는 해변에 숨겨놓은 보트에 있었다.

"샤워를 할 수 있으면 비누도 있을 텐데……."

고민하던 아르쥬는 샤워기 옆 선반에서 초록색 액체가 담겨 있는 투명한 통을 발견했다.

"설마……."

이리저리 통을 만지던 아르쥬는 결국 통 위에 달려 있는 펌프 같은 장치를 눌러야 액체가 나온다는 사실을 발견했다.

초록색 액체는 끈적거리고 좋은 냄새가 났다. 물을 조금 묻혀 비벼보니 하얀 거품이 일었다.

"왕비님들이 사용하는 앰버그리스 비누 같아. 아니, 그것보다 더 고급일 거야."

왕성에서 아르쥬가 사용하던 비누는 기름야자의 씨에서 짜낸 기름을 양귀비 가지를 말려 태운 재로 굳혀 만든 것이었다.

조금 더 지위가 높은 후궁들은 올리브유로 만든 비누를 사용한다.

하지만 스물네 명에 달하는 왕비들은 다르다.

왕비들이 사용하는 비누는 올리브유로 만들지만 용연향(龍涎香)이라고도 불리는 앰버그리스(Ambergris)를 첨가해 귀중하고 고귀한 향기가 난다.

용연향은 향유고래의 창자에서 생성되는 왁스 성분의 물질이다.

이 물질은 배설 활동을 통해 배출되어 바다를 떠돌다가 인간의 손에 들어온다.

아르쥬는 어린 시절 바닷가에 파도에 밀려오는 용연향을 줍는 꿈을 꾼 적이 있다.

실제로 그렇게 용연향을 주운 사람도 있다. 하지만 그 용연향이 족장의 손을 통해 파샤에게 바쳐진다는 사실을 알고 그 꿈을 접었다.

샤워를 마치자 거짓말처럼 피부가 매끈해졌다.

"냄새가 너무 강한 것이 흠이야."

두 번째 고민은 잠자리에 있었다.

이부자리나 구조로 보아 침대가 분명한 이 물건은 몸을 움직일 때마다 출렁거려 도무지 잠을 잘 수가 없었다.

명석한 아르쥬는 출렁거리는 침대의 용도를 알아차렸다.

'이계의 사람들은 성생활을 많이 즐기나 봐. 우르지 파샤께서 좋아하시겠어. 내일 침대 한 개를 챙겨놓자고 말해볼까?

생각만으로 아르쥬의 얼굴이 빨개졌다.

결국 아르쥬는 베개와 시트들을 모아 바닥에 간이 잠자리를 만들었다.

바닥 전체가 폭신한 카펫이 깔려 있어 불편하지는 않았다.

'카펫도 그래. 이 카펫은 양철로 만들어지지 않았어. 그래서 나쁜 냄새가 나. 이 배를 이루고 있는 모든 물건에서 나는

냄새처럼.'

　아르쥬는 자신이 선택이 옳았기를 빌었다.

　그것이 그녀가 자신뿐만 아니라 동생, 심지어는 아내를 애
타게 찾는 준혁에게도 옳은 선택이라 믿었기 때문이다.

Chapter 10
악마의 달

　다음 날 아침 김성찬이 준비한 햄 샌드위치와 시리얼로 식
사를 마친 일행은 테이블에 모여 앉았다.

　분위기는 좋았다.

　준혁이 발견한 식량이 준 힘이다.

　"일하기 전에 커피 한 잔 하자고."

　"전 커피믹스로 하겠습니다. 싸구려 입맛이라 전 이게 더
좋습니다."

　준혁은 커피믹스를 내밀었다.

　"어제 마셔봤지만 영 이상하던데……. 좋을 대로 하라고.

아르쥬는 원두커피를 마시도록 해. 저건 영 이상해.”

여전히 김성찬은 아르쥬에게 반말을 계속했다.

준혁은 김성찬의 간 크기를 재보고 싶었다.

날씬하고 건강하게 보이는, 소녀티를 벗어난 여인 아르쥬는 김성찬이 눈치채기도 전에 그의 목을 딸 수 있는 능력의 소유자다.

이상하게도 아르쥬는 김성찬의 반말에 반응하지 않았다. 대신 커피믹스를 가리키며 말했다.

“이계인도 꺼리는 음료를 마시고 싶지는 않아. 난 원두커피를 마시겠다.”

“완벽한 선택이야. 후회하지 않을 거라구.”

준혁은 늘 마시던 커피믹스를, 김성찬과 아르쥬는 따뜻한 아메리카노를 앞에 놓고 테이블에 앉았다.

검은 액체.

아르쥬는 이걸 마시겠다고 결정한 자신의 선택에 심각한 회의를 느끼고 있었다.

‘혹시 어제 마셨던 악마의 수프 같은 것 아닐까?

그래도 이제 와서 물러날 수는 없다.

한 모금 마셔보니 처음에는 약간 쓴맛, 뒤이어 견과류의 고소함이 느껴졌다.

마실 수 있는 물건이지만 맛있는 물건은 아니다.

그것이 아르쥬가 느낀 커피에 대한 감상이었다.

망설이는 아르쥬에게 김성찬은 일회용 크림 캡슐과 설탕을 내놓았다.

"이것들을 넣어봐."

"이건 뭔가?"

"조금 더 부드러워지고 달콤해져."

아르쥬는 김성찬이 내놓은 일회용 크림 캡슐을 만지작거렸다.

안에 액체가 들어 있는 것은 확실했지만 열 방법을 찾을 수 없었다.

"이리 줘요"

준혁은 캡슐의 알루미늄 뚜껑을 까주었다. 그리고 설탕 그릇도 아르쥬 앞으로 밀어주었다.

아르쥬는 커피에 크림과 설탕을 넣고 다시 맛을 음미했다.

"……"

맛이 변했다. 커피는 정말 매혹적인 향과 맛을 지닌 음료였다.

"내가 알고 있는 설탕은 갈색이다. 하지만 이 설탕은 하얗다."

"갈색 설탕을 정제해서 불순물을 제거하면 하얀 설탕이 되죠. 조금 더 단맛이 응축된다고나 할까요?"

“그럼 네가 마시는 커피는 뭔가?”

“편하게 마실 수 있도록 봉지에 커피와 프림, 설탕을 한꺼번에 넣어둔 거예요. 마셔볼래요?”

준혁은 종이컵을 아르쥬에게 내밀었다.

“흠, 이상한데?”

아르쥬가 이해할 수 없다는 표정을 지었다.

“무슨 말이죠?”

“맛이 없어. 원두커피가 훨씬 좋다. 넌 왜 이런 걸 마시는가?”

아르쥬의 말을 들은 김성찬이 기고만장해했다.

“난 요리사야. 한번 맛본 맛은 절대로 잊어버리지 않아. 하하하하, 내 입맛이 틀리지 않았어.”

준혁은 커피 잔을 다시 돌려받아 한 모금 마셔 보았다. 역시가 언제나 자신이 즐기던 바로 그 맛이다.

“거참, 난 좋기만 한데……”

“사람마다 입맛은 다른 법이니까. 신경 쓸 것 없어. 이제 오늘 할 일을 정하자고.”

커피에 대한 생각을 제쳐둔 준혁은 계획을 이야기했다.

“형님이 식자재와 도구들을 챙기십시오. 구명보트가 여섯 척이니 가져갈 수 있는 것은 모두 가져간다고 생각하시면 틀림없을 겁니다. 전 각 객실과 선원용 선실을 돌면서 쓸 만한 물건이 있는지 찾아보겠습니다."

"그럼 아르쥬는?"

김성찬은 아르쥬가 두 사람의 생명줄을 쥐고 있다는 자각이 전혀 없었다.

"나도 돕겠다. 식량을 구할 시간이 줄어든다면 그 시간에 좀 더 훈련에 집중할 수 있을 테니까."

"그럼 아르쥬는 성찬 형님을 도와주세요. 어쨌든 우리 세상의 물건이 어떤 용도인지 잘 모르니까요."

"그렇게 하겠다."

"그럼 1시에 다시 만나자구요. 수고들 하세요."

준혁의 말로 회의가 끝났다.

이제 생존을 위한 긴 여정의 시작이다.

*　　*　　*

준혁은 김성찬에게 미리 들어 알아두었던 선체 중앙 엔진실로 갔다.

엔진실 옆에는 배가 고장 났을 때 수리하기 위한 장비들을 보관하는 공무실이 붙어 있었다.

워낙 자주 쓰이는 장비라 산소 절단기를 찾는 것은 어렵지 않았다.

산소 절단기를 챙긴 준혁은 승객 구역 최상층 전면에 자리 잡은 선장실로 향했다.

보통의 경우라면 엘리베이터가 작동하지 않은 상황에서 무거운 산소 절단기를 가지고 이동하는 일은 불가능에 가깝다.

하지만 준혁의 강한 힘이 불가능을 가능케 만들었다.

'첫날보다 어제가, 어제보다 오늘이 힘이 더 강해진 것 같아.'

강해서 나쁠 것은 없다.

아니, 강해지면 강해질수록 유라를 찾고 살아남을 가능성이 높아진다.

'아르쥬가 가진 기술을 배워야 할 텐데……. 좋은 방법이 없을까?'

그녀의 기술은 힘을 원천으로 하는 것이 아니었다.

준혁은 아르쥬의 기술을 무협지에서 말하는 내공 정도로 여기고 있었다.

'차차 기회가 있겠지. 급박한 상황일수록 천천히……. 그래야 살아남을 수 있어.'

럭셔리 크루즈의 선장실답게 방은 화려한 장식과 소품들로 장식되어 있었다.

"말 그대로 '있었다'. 과거형이지."

뒤집어진 소파와 탁자, 의자들이 하루 전 이 방이 겪었던 참상을 말해주는 듯했다.

거대한 마호가니 책상을 시작으로 준혁은 선장실을 탐색하기 시작했다.

"없어."

그나마 값진 물건이라고는 아마도 스테인리스로 만들어져 약탈의 손길을 벗어났을 듀퐁 라이터 한 개뿐이다.

라이터를 챙긴 준혁은 이번에는 아예 서랍들을 모두 빼내고 틈과 안을 살폈다.

"역시 마찬가지…… . 이 배는 은행이 아니니…… ."

이제 남은 곳은 선장실 옆에 딸린 침실뿐이다.

준혁은 침실로 들어가 갈기갈기 찢긴 그림 액자들을 모두 벽에서 떼어냈다.

"역시!"

찾고 있던 금고가 모습을 드러냈다. 금고는 굳게 잠겨 있었다.

준혁은 빠루와 산소 절단기를 동원해 금고를 벽에서 떼어내기 시작했다.

금고를 벽에서 떼어내는 데 30분, 금고의 경첩을 자르고 문을 여는 데 30분이 더 걸렸다.

금고 속에는 현찰 약간과 서류 몇 장이 들어 있었다.

준혁은 그것들을 꺼내 한쪽으로 던져 버렸다.

그리고 발견했다.

"있다, 있어."

준혁이 익숙하게 손에 쥔 것은 손바닥만 한 크기의 스미스 앤 웨슨(Smith & Wesson), M10 밀리터리 앤 폴리스 리볼버 권총이었다.

준혁은 근 1kg에 육박하는 M10 리볼버의 묵직한 무게를 느끼며 미소 지었다.

M10 리볼버는 대한민국 경찰에서도 마르고 닳도록 사용하는 골동품이라 준혁도 다뤄본 적이 있어 더욱 친숙했다.

권총을 손에 쥐자 그동안 철저하게 발가벗겨졌던 자존심이 살아나는 느낌이 들었다.

"장전된 여섯 발 이외에 여분의 총알이 없다는 사실이 아쉽긴 해도……."

준혁은 만일의 사태에 대비해 권총에서 총알을 빼냈다.

그리고 권총을 미리 준비해 두었던 비닐 백에 넣어 밀봉하는 것으로 선장실에서의 용무를 마쳤다.

일반 객실의 금고를 여는 일은 선장실 금고에 비하면 누워서 떡 먹기였다.

찾고 포장하고 나르는 일의 반복은 힘들었지만 그래도 가끔가다 터지는 횡재로 인해 지루하지는 않았다.

“명품 오토매틱 시계들이 생각보다 많네. 오메가, 로렉스, 프랭크 뮬러, 바쉐론 콘스탄틴……."

지금까지 경험으로 보아 이곳의 시간은 지구의 그것과 거의 같은 것 같았고, 그래서 전지를 사용하지 않는 오토매틱 시계는 충분히 가치가 있다.

보물은 금고에서만 나온 것은 아니었다.

승객들은 최후의 순간까지 자신의 재산을 지키기 위해 노력했던 모양이다.

탁자 뒤, 화장실 변기 안, 침대 틈에서 상당한 숫자의 반지며 목걸이 등 귀금속을 다수 찾아낸 준혁은 자신이 한 가지 잊고 있었던 불편한 사실을 깨달았다.

*　　*　　*

점심 식사 메뉴는 두툼한 스테이크와 넙치 프라이였다.

"빨리 상할 재료 위주로 먹어치워야 후회가 없지. 많이 먹어둬. 나중에 찾지 말고."

맞는 말이다.

준혁은 열심히 나이프와 포크를 놀려 배를 채웠다.

아르쥬도 연신 고기를 입으로 가져갔다.

그녀 또한 식량 확보에 관심이 많았다. 무엇보다도 식량이 충분하면 준혁의 훈련에 최선을 다할 수 있다.

그 점이 현실적인 이유라면 또 한 가지 이유는 아르쥬의 본질과 관련이 있었다.

우르지 바르바롯사 파샤의 최측근 수행원이라는 화려한 겉모습과는 달리 아르쥬의 진면목은 노예다.

그래서 하이레딘이 준비해 준 식량은 빻아 말린 곡물 가루가 전부였다.

특별히 우르지 파샤가 따로 지정해 주지 않는 이상 하이레딘의 조치는 어쩌면 당연했다.

"빠른 시간 내에 고기를 보존할 수 있는 방법이 한 가지 있어."

"그 방법이 뭡니까?"

"염장과 훈제를 동시에 하면 된다. 대상들이 사용하는 방법이다."

대상들이 상행을 떠나 사막을 건널 때 거의 20퍼센트의 낙타가 죽는다. 대상들은 그 낙타를 식량으로 삼는다.

아르쥬가 말한 방법은 대상들이 낙타 고기를 처리하는 방법이었다.

우선 일행은 많은 양의 소금과 허브, 그리고 처리할 소고기, 돼지고기, 생선을 갑판으로 가져왔다.

칼질은 아르쥬가 맡았다.

처음에는 자신이 하겠다고 나섰던 김성찬도 아르쥬의 실력을 보고선 순순히 칼을 내놓았다.

아르쥬가 고기를 종잇장처럼 얇게 저미면 김성찬이 악 소리가 나도록 엄청난 양의 소금과 허브를 담은 물에 그 고기를 절인다.

원래 사막에서는 햇볕에 말리지만 지금은 그럴 여유가 없다.

많은 양의 고기를 처리하는 방법으로 가장 좋은 것은 뜨거운 열로 바짝 굽는 것이다.

준혁도 팔을 걷어붙이고 조리실로 달려가 거대한 스테인리스 싱크대를 통째로 뜯어 왔다.

그리고 도끼로 의자들을 부숴 장작을 만든 다음 싱크대 밑에 불을 지폈다.

그렇게 가열된 임시 프라이팬에 마른 고기를 딱딱해질 만큼 바짝 굽는다.

"육포와 비슷하기는 한데 더 딱딱하겠군요."

"그냥 먹을 수도 있지만 보통은 가루를 내서 수프를 만들어. 당신이 발견한 보존식과 함께 수프를 만들면 영양분은 충분해."

준혁의 질문에 아르쥬가 퉁명스럽게 대답했다.

　단 하루 만에 아르쥬는 마치 수년을 함께 지낸 끈끈한 동료처럼 행동하고 있었다.

　준혁은 그 변화의 원인을 찾을 수 없었다.

　'아마도 우리가 처한 상황 때문일 수도 있지. 인간은 힘을 합치지 않으면 살아갈 수 없거든.'

　어쨌든 작업은 빠르게 진행되었다.

　다시 밤이 찾아왔다.

　준혁은 감성찬에게 마음에 걸렸던 문제를 털어놓았다.

　"돌아가신 분들 말입니다. 그대로 둘 수는 없지 않습니까?"

　"그렇지. 맞는 말이야. 우리가 사는 데 급급하다 보니 그 생각을 못했어. 그렇다고 시신을 수습하기엔 시간이……."

　"이렇게 하면 어떨까요?"

　"어떻게?"

　"장례만 치르는 겁니다."

　준혁은 갑판에 간단한 제사상을 차리는 것으로 장례를 대신하자고 말했다.

　김성찬도 준혁의 의견에 찬성했다.

　"제사상이 필요하겠군. 내 전문 분야지. 하지만 큰 기대는 말게. 워낙 한국과 식재료가 달라서……."

“어쩔 수 없는 일이죠. 정성이 중요하다고 봅니다.”

“맞는 말이야.”

아르쥬는 제사라는 문화에 대해 문외해서인지 별말이 없었다.

김성찬과 아르쥬가 각자의 방으로 간 후에도 준혁은 쉬지 않고 객실을 돌며 금고를 열었다.

체력은 넘쳤고, 힘은 더 강해졌으며, 잠도 오지 않았다.

놀라운 사실은 밤눈마저 밝아졌다는 것이다.

‘내가 괴물로 변하고 있는 것 같아.’

그래도 나쁜 일은 아니다. 준혁은 애써 그렇게 생각했다.

＊　　＊　　＊

바다의 여행자호의 마지막 날 아침이 밝았다.

새벽부터 김성찬은 제사 준비에 열을 올리고 있었다.

“떡 대신 케이크, 탕국은 패스. 밥은 푸슬푸슬하지만 장립종 쌀로 대신했어. 아쉬운 건 나물인데…….”

“이것만으로도 대단합니다. 아르쥬가 안 보이네요?”

“나물 이야기를 듣고 잠시 고민하더니 섬으로 갔어. 돌아올 때가 됐는데…….”

김성찬의 말이 끝나기가 무섭게 아르쥬가 나타났다.

준혁은 아르쥬가 입고 있는 옷을 보고 기겁을 했다. 아르쥬는 짧은 반바지와 배꼽을 드러낸 헐렁한 탱크 탑을 입고 있었다.

"뭡니까, 저 꼴은?"

"뭐가? 보기 좋잖아. 솔직히 어제 입고 있던 옷은 좀 그랬어."

"그 말이 아니라……."

"아침에 또 같은 옷을 입고 나왔더라고. 생각해 보니 짐도 없었고. 그래서 여승무원 선실에 가서 골라줬지. 청바지 같은 옷은 끼고 활동성이 나빠 안 입는다고 하더라고."

"트레이닝복도 있잖습니까?"

"허, 이 사람. 돌았군, 돌았어. 지금이라도 트레이닝복을 입으라고 할까?"

"그, 그건 아니지만……."

"좋으면 좋다고 해."

김성찬은 음흉한 웃음을 지으며 준혁의 어깨를 쳤다.

도무지 감성찬이란 사람의 행동은 종잡을 수 없었다.

게다가 일견 무모해 보이는 그런 행동들이 받아들이는 사람으로 하여금 수긍하게 만드는 힘이 있었다.

그래도 적응하지 못하는 것보다는 낫다 싶었다. 감성찬이 짐으로 존재하는 것보다는 현 상황이 훨씬 긍정적이기 때문이다.

　다행스럽게 아르쥬는 두 사람의 대화를 이해하지 못했다.
　"뭐가 좋다는 말인가?"
　"아, 아닙니다. 손에 든 그건 뭡니까?"
　"샐러드로 먹는 꽃과 풀이다. 나물이란 것이 이것과 비슷한 것 같더군."
　비슷하지만 다르다.
　하자만 덕분에 섬에서 영양소를 보충할 수 있는 채소가 있다는 사실이 밝혀졌다.
　제물이 갖춰지자 준혁과 김성찬은 양복으로 갈아입었다.
　제주는 나이로 보아 김성찬이 맡았다.

　—임진년 십이월 십일일에 김성찬은 돌아가신 분들의 영전에 삼가 고하나이다.
　선조의 영혼이 고요히 잠들어 계신 곳으로 떠나신 분들을 슬픔에 겨워 사무쳐 불러봅니다.
　찢어지는 듯 아픈 마음으로 오직 여러분이 좋은 곳으로 가시기만을 빌 따름입니다.
　안타깝고 부끄러운 마음으로 용서를 빌며 의복을 갖춰 입었습니다.

저희가 마련한 정성을 돌아보아 주시고 미래를 살펴주십
시오.

향 대신 담배를…….
초 대신 랜턴을…….
청주 대신 코냑을…….
보잘것없는 제수로 차려진 제사상이지만 정성만큼은 부족
하지 않았다.

*　　　*　　　*

제사가 끝나자 준혁은 아르쥬와 김성찬에게 각자 할 일을
부탁했다.

어째서인지 준혁은 은연중에 세 사람의 우두머리 역할을
하고 있었고, 아르쥬와 김성찬도 그 사실을 순순히 받아들이
고 있었다.

"아르쥬 씨는 배를 안전하게 정박할 만한 장소를 찾아주셨
으면 좋겠습니다. 시간이 되면 우리가 거처할 장소도요. 동굴
이면 좋겠지만 아니라도 상관없습니다. 천막을 만들면 되니
까요."

"알았다."

김성찬도 주거지에 대해 할 말이 있었다.

"아르쥬, 이왕이면 식수와 가까운 곳으로 부탁해. 그래야 요리하기 편하니까."

"……."

아르쥬는 별말 없이 고개를 끄덕이더니 사라져 버렸다.

준혁은 갑자기 궁금한 점이 생겼다.

"형님."

"왜?"

"형님은 아르쥬가 안 무섭습니까?"

"……."

"아르쥬는 언제라도 마음만 먹으면 저와 형님의 목을 딸 수 있는 능력을 가지고 있습니다. 그런데도 형님은 아르쥬를 막 대하시더라고요. 그냥 아는 동네 여동생이나 되는 것처럼 요."

김성찬의 표정이 변했다.

그는 지금까지의 밝은 얼굴을 버리고 딱딱하게 굳은 표정 이었다.

"솔직히 무섭지 왜 안 무섭겠어. 그래서 더 친해지려는 거 야. 그래야 나중에 날 죽이려 해도 망설일 것 아닌가.

"……."

"난 솔직히 말해 자네처럼 강하지 않네. 그래서 내가 가진 장점으로 살아남기 위해 부단히 노력하고 있다네. 다행히 자네도 착한 사람이고, 아르쥬도 그리 독한 여자로는 보이지 않고……."

항상 웃는 얼굴 속에 나름의 고충이 숨어 있었다.

어쩌면 그 고충은 준혁이 느끼고 있는 그것보다도 더 심한 것일지도 몰랐다.

사람과 친해져서 죽이지 못하게 한다.

질리도록 단순한 이유다.

하지만 무척 일리있는 생각이기도 했다.

"저도 아르쥬와 친해져야겠군요."

"냄비처럼 확 끓어오르는 사람도 있고 사골처럼 오래 두고 봐야 진국이 우러나오는 사람도 있어. 난 전자고 동생은 후자야. 너무 서두르지는 마."

"크크크크, 칭찬인지 욕인지 모르겠군요."

"칭찬이야, 칭찬."

"하하, 그렇담 다행이구요. 형님은 옷가지나 수건, 비누 같은 잡화류를 모아주십시오. 물론……."

"많으면 많을수록 좋겠지?"

"그렇습니다. 전 쓸 만한 물건이 더 있는지 뒤져 보겠습니다."

"오케이!"

준혁은 몇 가지 물건을 챙긴 후 뒤쪽 갑판으로 향했다. 구명보트를 내리는 시간을 고려했을 때 남은 시간은 불과 한두 시간, 그래서 준혁의 마음은 더 바빴다.

이미 배 전체를 두 번이나 뒤진 후라서 옮길 수 있고 쓸 만한 물건을 찾기란 별로 어렵지 않았다.

그런 준혁의 눈에 갑판 가장 뒤편 난간에 바다를 향해 설치된 한 장치가 들어왔다.

"이건……."

그 장치는 클레이 사격을 위해 진흙 접시를 날려 보내는 활대였다.

준혁은 김성찬에게 달려갔다.

"이 배에서 클레이 사격을 합니까?"

"클레이 사격? 아? 아, 맞아! 뒤쪽 갑판에서 하지. 왜 그 생각을 못했지?"

"총은요, 총은?"

"……."

두 사람은 챙기던 옷가지를 던져 버리고 뒤 갑판으로 달렸다.

"아마 레크리에이션을 총괄하는 크루들의 사무실에 있을 거야."

김성찬의 말처럼 사무실 문을 열자 경고란 빨간 글씨가 선명한 철재 캐비닛이 보였다.

준혁은 철재 캐비닛의 자물쇠를 빠루로 단번에 뜯어냈다.

반짝반짝 빛나는 산탄총 네 정이 굵은 쇠사슬에 묶인 채 거기 있었다.

"……."

"……."

두 사람은 서로의 얼굴을 바라보았다.

목숨이 몇 개는 더 늘어난 기분이다.

준혁은 쇠사슬마저 뜯어낸 후 산탄총을 꺼냈다.

"일제 미로쿠(Miroku) 12게이지 산탄총입니다. 산탄도 꽤 있군요."

"이걸로 사람을 죽일 수 있나?"

준혁은 고개를 저었다.

"아주 가까운 거리가 아니면 불가능합니다. 클레이 사격용 12게이지 산탄은 화약 양도 적고 쇠구슬도 300~500개나 들어가거든요. 말 그대로 깨알만 한 쇠구슬이지요. 새나 클레이 피존, 즉 진흙 접시는 몰라도 30m만 떨어져도 사람은 어림없습니다."

"좋다 말았네."

"아닙니다. 일단 모두 챙기죠. 가면서 말씀드리겠습니다."

두 사람은 산탄과 산탄총을 모두 챙긴 다음 가장 가까이 있는 구명보트에 숨겼다.

다음으로 준혁이 김성찬을 데리고 간 곳은 카지노였다.

준혁은 한쪽 구석에 있는 슬롯머신 비슷하게 생긴 기계를 찾았다.

"이 배는 일본 사람들도 꽤 타서인지 이놈이 있더라구요."

"이건 파친코 기계?"

"파친코 기계는 쇠구슬을 사용합니다. 대략 이놈이라면 충분히 살상 위력을 가집니다."

"아, 그렇군. 이제 이해했어. 산탄 알의 쇠구슬을 바꾼다는 말이군."

"맞습니다. 이제 챙기죠."

12게이지 산탄의 지름은 18.05㎜, 여기 들어가는 쿼트러블 O라 불리는 벽샷은 9.7㎜ 쇠구슬이 여섯 개 들어간다. 그리고 그 쇠구슬 한 개 한 개가 100m 거리에서 9㎜ 권총탄의 위력을 갖는다.

또한 파친코에서 쓰이는 쇠구슬의 지름은 11㎜다.

무식하지만 준혁은 이걸 산탄에 넣어 사용할 생각이었다.

준혁은 내친김에 클레이 사격용 진흙 접시를 날려 보내는 활대도 챙겼다.

카본과 유리섬유를 적층해서 만들어진 활대는 활로 만들기에 안성맞춤인 탄성을 가지고 있었다.

활은 준혁이 가장 자신있어 하는 무기다.

유라를 만난 그날 이후 준혁은 활쏘기를 게을리하지 않았다.

이유는 단순했다.

화살을 쏘아 바위에서 패랭이꽃이 피게 만든 장사!

준혁은 유라의 장사가 되고 싶었다.

*　　　*　　　*

아르쥬는 의외로 빨리 돌아왔다.

"배를 옮길 곳을 찾았다. 만을 막 벗어난 포구로 흐르는 냇가가 있다. 수심은 1m 이상. 300m 정도는 거슬러 올라갈 수 있다. 그곳이라면 바다가 변해도 안전할 것 같다."

"우리가 살 곳은?"

김성찬의 질문에 아르쥬가 고개를 저었다.

"시간이 없었다. 저 배들을 옮기는 일이 우선이다."

"쩝, 아르쥬가 내 부탁을 들어주지 않다니…… 아쉽네."

그때 아르쥬가 놀라운 말을 했다.

"미안하다. 배를 옮기고 바로 찾아보겠다."

“……”

“……”

귀를 의심했다.

아르쥬가 미안하다고 말할 줄은 몰랐다.

준혁보다 더 놀란 사람은 오히려 김성찬이다.

“아냐, 아냐. 절대 아냐. 혹시 배고프지 않아? 제사 지내고 남은 케이크가 남아 있는데.”

재빨리 주방으로 뛰어가는 폼이 정말로 놀란 모양이다.

아르쥬가 돌아오자 본격적으로 이사가 시작되었다.

우선 구명보트를 바다에 내리는 일이 가장 중요했다.

다행히 구명보트를 내리는 크레인은 만일의 사태가 발생해서 동력이 없어도 사용할 수 있도록 만들어져 있었다.

어렵사리 구명보트 한 척을 바다에 띄운 준혁은 혹시나 하는 마음에 엔진에 시동을 걸어보았다.

“역시나군.”

빛은 전자제품, 특히 무언가 미세한 회로가 장착되어 있는 장치에 작용한 것 같았다.

전자시계와 랜턴 이상의 정교한 물품들은 모두 작동하지 않았다.

준혁은 우선 나머지 다섯 척의 구명보트도 모두 내려 바다에 띄웠다.

"이제 옮기는 일뿐인데 노를 젓는 수밖에 없겠지?"

"아닙니다. 두 분이 노를 저으세요. 전 당기겠습니다."

"당긴다고?"

"네덜란드에서는 짐을 실은 거룻배를 말이 끕니다. 사람이 끌지 말라는 법 있습니까?"

"거긴 운하고!"

"운하나 바다나 다를 것 없습니다."

준혁이 믿는 것은 시간이 가면 갈수록 강해지는 힘이다.

'힘이 강해지는 속도가 더 빨라지고 있어.'

준혁은 구명보트 앞에 로프를 묶고 끌기 시작했다.

"……."

첫 시도는 실패로 끝났다.

발이 백사장의 모래에 푹푹 빠져서다.

준혁은 성인 남자 절반만 한 바위를 몇 개를 옮겨 발을 디딜 수 있는 디딤돌을 깔기 시작했다.

그 모습을 본 김성찬이 기가 차는지 툴툴거렸다.

"쳇, 같이 지구에서 왔는데 왜 준혁이만 힘이 세졌는지 몰라."

"다른 승객들은 어땠나?"

"쩝, 끝까지 반말이네. 내가 너보다 두 배는 나이가 많다고."

큰소리를 치던 김성찬은 아르쥬의 차가운 눈초리를 받고 꼬리를 말았다.

"다른 승객들도 힘이 강해진 사람은 없었어. 그런데 그건 왜 물어?"

"아니다. 신경 쓰지 마라."

"먼저 물어봐 놓고선 신경 쓰지 말라니……. 그래, 맘대로 해라. 난 불쌍한 요리사에 지나지 않으니까."

김성찬이 토라지는 시늉을 하자 아르쥬는 잠시 망설이더니 말했다.

"그래도 너의 요리는 맛있었다."

"그렇지? 하하하하!"

디딤돌을 다 놓은 준혁은 다시 소리쳤다.

"자, 다시 갑니다!"

디딤돌은 그 역할을 충실히 수행했다.

아르쥬와 김성찬의 노 젓기도 한몫했다.

"움직여! 움직인다고!"

탄력을 받은 구명보트는 점점 빠르게 움직였다.

시내를 거슬러 올라가는 일은 더 쉬웠다. 우선 물살이 빠르지 않을뿐더러 만조가 시작되어 물이 역류되고 있었다.

로프와 구명보트의 각도가 완만해지면서 준혁의 힘이 온전히 전달되는 까닭도 있었다.

요령이 생기자 구명보트 옮기기 작업은 점점 속도를 더해
갔다.

그와 비례해 준혁의 체력은 급속도로 저하되고 있었다.

드디어 네 척을 옮기고 나니 손가락 하나 움직일 힘이 없었
다.

준혁이 쓰러지자 아르쥬가 다가와 말했다.

"시간이 없다. 세이탄 아이가 뜨면 지옥의 7월이 시작한
다."

"세이탄 아이라니 무슨 의미입니까?"

"악마의 달이란 뜻이다."

느닷없이 악마의 달이란다.

뚱딴지도 이런 뚱딴지가 있을까?

준혁은 반문했다.

"늘 뜨던 달이 검게 변하기라도 한다는 말입니까?"

"아니다. 두 번째 달이다."

"……"

"……"

준혁도 김성찬도 말문이 막히고 말았다.

"너희는 다른 세상에서 와서 모르겠지만 지옥의 7월은 악
마의 달이 뜸으로써 시작된다. 모든 몬스터가 가장 포악해지

는 달, 마법사들의 마력이 가장 강해지는 달, 중앙 해가 미쳐 날뛰고 인지할 수 없는 괴물들이 바다에 뜬 모든 것을 집어삼키는 달, 그것이 지옥의 달 7월이다.”

먼저 현실을 인정한 이는 김성찬이었다.

“지구에서 이곳으로 넘어도 왔는데… 악마가 현신하고 달이 한 개 더 뜬다고 해서 놀랄 것도 없지.”

준혁은 김성찬처럼 인정할 수 없었다.

아르쥬의 이야기는 과학적으로 불가능하다.

달은 행성의 자전에 따라 24시간 동안 지표 어딘가를 비추고 있다.

일 년에 한 달만 뜨는 달 따위는 있을 수 없다.

그러나 인정해야 했다. 김성찬의 말처럼 차원이든 공간이든 거대한 크루즈선이 넘어온 것은 분명한 사실이다.

‘보지 않았다 해서 없는 것은 아니다.’

준혁은 울렁이는 마음을 억지로 달랬다.

다시 해변으로 돌아온 일행은 나머지 두 척의 배를 옮기는 일이 결코 쉽지 않다는 사실을 인정해야 했다.

“어떻게 하지?”

“일단 좀 쉬고 다시 시작해 보죠.”

“어쩔 수 없지. 아참, 아르쥬.”

헐떡거리는 준혁을 본 김성찬이 아르쥬를 불렀다.

"왜 그러느냐?"

"깜박했는데 옮겨둔 배에서 맥주 몇 캔만 가져올 수 없어? 네가 걸음이 가장 빠르잖아."

지치지도 않게 과감한 김성찬이다.

"……."

"한국 사람은 일을 할 때 술을 먹어야 한다고……. 술심 몰라, 술심?"

게다가 큰소리까지 친다.

너무 당당하게 말하니 아르쥬도 어쩔 수 없다는 듯 고개를 끄덕였다.

"알, 알았다."

"맥주는 첫 번째 옮긴 배에 있어. 아, 그리고 세 번째 배에 내가 만들어놓은 샌드위치가 있거든. 피크닉 바구니에 들어 있으니 그것도 가져와 줘."

이쯤 되면 막나가자는 거다.

준혁은 아르쥬의 눈치를 봤다. 당장에라도 그녀의 품에서 표창이 튀어나올 것만 같았다.

그런데 놀랍게도 아르쥬는 고개를 끄덕였다.

"알았다."

아르쥬가 바람처럼 사라지자 준혁과 김성찬이 동시에 안

도의 한숨을 내쉬었다.

"휴~"

"죽는 줄 알았어."

"대단하다고 해야 할지 무모하다고 해야 할지 모르겠습니다. 조금만 살살 하십시오."

"뭐~ 그런 거지. 그건 그렇고, 잠시 눈 좀 감아봐."

"왜 그러십니까?"

"아르쥬의 걸음은 빨라. 설명할 시간 없어."

김성찬의 재촉에 준혁은 눈을 감았다.

스팟!

감은 눈에 랜턴을 가져다 댄 것처럼 눈앞이 밝아졌다.

"무슨 장난을?"

눈을 떠보니 김성찬이 핼쑥해진 얼굴로 숨을 헐떡이고 있었다.

"오랜만에 해보려니 힘드네. 그래도 성공했어. 쩝."

"무슨 말씀이신지……. 엇!"

힘이 돌아왔다.

아침에 일어난 것처럼 온몸에 힘이 넘치고 있었다.

"어떻게……?"

김성찬은 웃기만 할 뿐 아무 말이 없었다.

"그러고 보니 익사할 뻔했을 때도, 제가 범선에서 잡혔을 때 돛대가 부러진 것도…….”

“아르쥬가 오고 있어. 다시 말하지만 난 앞으로도 솜씨 좋은 요리사일 뿐이야. 지금 중요한 것은 이 구명보트들을 빌어먹을 ‘세이탄 아이’ 가 뜨기 전까지 안전한 장소로 옮기는 일뿐. 특히 이 보트에는 가스 오븐이 실려 있다고. 오븐이 없으면 쿠키를 못 구워. 얼마나 슬픈 일이야?”

“…….”

“사람에게는 감추고 싶은 비밀이 있는 법이야. 그러니 방금 일은 비밀로 하자고.”

김성찬은 막 도착한 아르쥬에게 맥주를 받아 준혁에게 주었다.

“쭉 들이켜자고! 한국인은 뭐다? 술심!”

그렇게 말하는 김성찬은 장난스럽게 윙크를 하고 있었다.

준혁의 김성찬의 말에 따르기로 했다.

지금까지 김성찬은 자신을 세 번이나 도와줬다. 그중 두 번은 죽음의 문턱에서 끌어내 준 것이다.

준혁은 복잡해진 머리를 정리하려 무던히도 애를 썼다.

‘뭐야? 뭐냐고?’

아무리 생각해 봐도 김성찬의 정체를 짐작조차 할 수 없었다.

'마법사? 마법이라고? 아르쥬 같은 사람도 있으니 마법이 없으라는 법도 없지. 하지만 김성찬은 지구인이잖아.'

답이 없다.

준혁은 묵묵히 맥주를 마시고 샌드위치를 먹었다.

그리고 다시 배를 끌기 시작했다.

그 모습을 본 아르쥬가 김성찬에게 물었다.

"한국인들은 정말로 술을 마시면 힘이 솟아나나?"

"그럼! 또 한국에는 낮술 먹고 취하면 어미 애비도 못 알아 본다는 말도 있지. 그러니 이후 낮에는 준혁이 취하도록 하면 안 돼. 큰일 난다고."

"알, 알았다."

커다란 의문을 남기고 구명보트 여섯 척을 모두 옮기고 나자 해가 지기 시작했다.

＊　　　＊　　　＊

준혁은 악마의 달을 두 눈으로 보고 싶었다.

그 달이 어떻게 바다를 변화시키고 바다가 어떻게 떠 있는 모든 것을 파괴하는지 알고 싶었다.

궁금증을 풀기 위해 준혁은 좌초한 바다의 여행자호가 한눈에 내려다보이는 벼랑 위로 향했다.

신기한 구경에는 주전부리가 빠질 수 없다. 김성찬은 신이 났는지 몇 가지 간단한 음식과 맥주를 준비해 준혁을 따라나섰다.

몇 번이고 이 현상을 목격했을 아르쥬도 분위기 때문인지 두 사람을 따라나섰다.

해가 완전히 수평선 아래로 사라지고 어둠이 찾아왔다.

어둠도 잠깐, 평소의 달이 모습을 드러냈다.

"오늘은 보름달이군요."

"크고 아름답군."

잔잔한 물결에 비친 달빛은 그 자체로 한 폭의 그림이었다.

잠시 후 저런 평온한 바다가 죽음의 바다로 변한다는 사실을 도무지 믿을 수 없었다.

"아르쥬, 악마의 달은 언제 뜨나요?"

"그것을 뜬다고 말할 수 있을지 모르겠다. 어쨌든 직접 보면 알 것이다."

기존 달이 수평선 위로 완전히 떠올랐을 때 세상이 변하기 시작했다.

변화의 조짐을 가장 먼저 느낀 이는 준혁이었다.

"……"

먼저 심장이 두근거렸다.

눈의 핏줄이라도 터졌는지 시야가 붉게 변했다.

근육 세포 하나하나, 신경 한 올 한 올이 떨리는 기분이 느껴졌다.

이 모든 변화의 원인은 악마의 달 때문이었다.

아르쥬의 말이 맞았다.

준혁은 천천히 말했다.

"떠오르는 것이 아니라 커지는 것이었군요."

"……"

"……"

환상처럼 달이 눈앞으로 다가오고 있었다.

원래 이 세상의 달은 지구의 달보다 컸다.

하지만 지금의 달의 크기는 상식의 한계를 가뿐히 초월했다.

밤하늘의 10분의 1을 덮은 달!

그것은 모습만으로도 경이로웠다.

준혁이 느낀 변화는 전환점을 맞이하고 있었다.

우선 몸이 다시 원래의 상태로 돌아갔다.

'힘, 넘치는 힘, 강력한 힘.'

준혁은 알 수 있었다.

변화가 멈춘 것이 아니라 더 큰 변화를 위해 몸이 준비하고 있다는 것을.

준혁이 느끼는 변화는 신체적인 것이라기보다는 정신적인 측면과 육체적인 측면을 동반하고 있었다.

남자라면 강한 주인공이 나오는 무술 영화를 보고 영화관을 나올 때 어깨를 으쓱거리곤 한다.

괜스레 다른 사람을 째려보기도 하고 근육이 경련하며 무엇이든 이길 수 있을 것 같은 느낌을 받는다.

바로 영화 속 주인공과의 동질감이 만들어낸 변화다.

준혁이 느끼는 기분은 바로 그런 변화의 확대판이자 현실로의 발현이었다.

무엇이든 부술 수 있을 것 같았다.

지금이라면 아르쥬도 이길 수 있을 것 같았다.

시야는 밤의 어둠을 무시하고 밝아졌고, 멀리 있는 사물도 또렷하게 보였다.

준혁은 주먹만 한 돌멩이를 집어 들었다.

휙!

그리 세게 던지지 않았다.

하지만 돌멩이는 눈에 보이지 않는 빛과 같은 속도로 사라졌다.

"……."

그런 모습을 보고 김성찬이 엄지를 치켜세웠다.

준혁은 김성찬이 무슨 생각을 하고 있는지 정말 궁금했다.

아르쥬도 무척 놀란 눈치다.

준혁은 아르쥬를 보고 웃었다.

그런 준혁을 아르쥬는 외면했다.

준혁이 중대한 변화를 경험하고 있을 때 바다도 변하고 있었다.

해변 멀리서 높고 폭이 좁은 은빛 파도가 밀려왔다.

아니, 그것은 파도가 아니었다.

"저것들은……."

"'티그' 예요. 악마의 심부름꾼. 1년에 한 번 바다를 태초로 돌리는 것. 청소부라 불리는 것이죠."

아르쥬가 말했다.

파도의 정체는 작고 가늘며 기다랗고 반짝이는 것들의 집합이었다.

"갈치? 꽁치? 고등어?"

김성찬의 표현대로 그것들은 등 푸른 생선이나 갈치처럼, 혹은 날치처럼 보였다.

솔직히 의아했다.

잡아 말려 과메기로 먹으면 맛있을 것 같은 보잘것없는 물고기가 악마의 심부름꾼?

그 말은 개미가 하마를 잡아먹는 포식자라고 주장하는 것처럼 허무맹랑하게 들렸다.

의문은 파도가 바다의 여행자호에 도착하면서 풀렸다.

팅!

티팅!

팅팅팅!

마치 유리잔을 스푼으로 가볍게 두드리는 소리를 시작으로 그 일은 시작되었다.

은빛 화살이 바다의 여행자호에 박히고 있었다.

한 발!

두 발!

수백 발!

수천 발!

숫자를 세는 것이 무의미할 정도의 파상적인 공격!

팅!

팅팅!

티팅!

화살의 파도는 천천히 거대한 강철 덩어리를 무너뜨리고 있었다.

무너뜨린다.

그것은 결코 과장된 형용사가 아니었다.

"모래성이 무너지는 것 같군요."

준혁은 한마디로 이 광경을 묘사했다.

배수량 1만 톤, 길이 131m의 바다의 여행자호가 검은 쇳덩
어리로 변하는 데 한 시간이 걸렸다.

은빛 파도가 거짓말처럼 사라진 후 준혁은 말했다.

"죽어도 바다에 들어가지 않을 겁니다."

김성찬도 맞장구쳤다.

"돌아가면 낚싯대를 전부 부러뜨릴 거야."

아르쥬는 말없이 무언가를 골똘히 생각하고 있었다.

"아르쥬는 무슨 생각해요?"

"널 어떻게 훈련시킬지 고민하고 있었다."

아르쥬의 말을 들은 준혁은 해변의 야자수로 다가갔다.

그리고 지름이 10센티 정도인 야자수를 안은 다음 힘껏 잡
아 들어 올렸다.

뿌드드득!

거짓말처럼 야자수가 뽑혀 나왔다.

준혁은 의기양양하게 말했다.

"훈련이 필요할까요?"

아르쥬가 그런 준혁을 외면하며 차갑게 말했다.

"넌 정말 바보구나."

“…….”

그때 김성찬이 끼어들었다.

“생각해 봤는데, 자네 힘의 원천은 아마도 달 때문인 것 같아. 지구보다 여기 달이 커서 힘이 강해졌고……. 달이 저렇게 무식하게 커지니 너 역시 더 무식하게 힘이 세진 거지.”

“나쁠 것 없지 않습니까. 약한 것보다는 나으니까요.”

그러자 아르쥬가 말했다.

“턱없이 강해진 너의 힘은 김성찬의 말대로 달 때문인 것 같다. 하지만 악마의 달은 지옥의 한 달만 뜬다. 시작의 8월이 오면 원래의 달로 돌아간다.”

김성찬은 한술 더 떴다.

“헐크도 분노가 풀리면 보통 사람이야. 준혁 자네의 힘도 다시 약해진다는 말이지. 물론 보통 인간보다는 강하겠지만.”

“…….”

마지막으로 아르쥬가 쐐기를 박았다.

“그래서 바보라고 한 거다. 앞으로 한 달 동안 너는 어떤 훈련도 소용없을 만큼 강할 것이다. 너와 난 중요한 한 달을 허송세월할 수밖에 없다는 의미다. 그만큼 네가 너의 부인을 찾을 확률도 떨어진다.”

“…….”

“그리고 오해하지 마라.”

아르쥬가 전투 자세를 취했다.

“자신의 능력에 대한 과신 뒤에 남는 것은 허망한 죽음뿐이다. 덤벼라.”

준혁은 쓰러진 야자나무를 발로 찼다.

꽝!

야자나무가 절반으로 부러졌다.

준혁은 웃으며 말했다.

“다칩니다.”

아르쥬는 대답 대신 손가락을 까닥거렸다.

결과적으로 전투는 준혁이 다침으로써 끝났다.

주먹을 내지르고, 눈앞에서 아르쥬가 사라지고, 허둥지둥 놀란 준혁의 얼굴에 펀치가 날아올 때까지 걸린 시간은 문자 그대로 눈 깜빡할 순간이었다.

터진 쌍코피를 닦으며 처절한 패배감에 몸부림치는 준혁에게 김성찬이 휴지를 내밀며 말했다.

“휴지도 아껴 써야 해.”

“……”

“정말이야. 바다의 여행자호의 화장실은 전부 비데라 화장지가 별로 없었어. 앞으로 얻어터질 때도 부위를 가려가면서!

알았지? 그럼 파이팅!"

때리는 시어머니보다 말리는 시누이가 더 밉다.

준혁은 옛말 그른 것이 하나 없다는 어머니의 말씀을 떠올렸다.

벼랑 아래로 이젠 검은 쇳덩어리로 변해 버린 바다의 여행자호의 모습이 보였다.

준혁은 어쩌면 자신의 신세가 저 쇳덩어리와 비슷할지도 모른다는 생각이 들었다.

Chapter 11
야울 귀레쉬

　육지에서의 첫날밤을 구명보트에서 지낸 일행은 본격적인
섬 생활을 시작했다.

　"여긴 너무 습기가 많다. 난 우리가 지낼 장소를 찾아보겠
다."

　"난 아침 겸 점심 준비를 할게."

　"그럼 전……"

　아르쥬가 자신의 뒤를 가리켰다.

　그곳에는 10kg, 20kg짜리 바벨 뭉치들이 덩그러니 놓여 있
었다.

김성찬은 아예 시누이 노릇을 하기로 한 모양이다.

"아르쥬가 작고 무거운 것들을 찾더라고. 그래서 피트니스 클럽을 알려줬지."

"……."

아르쥬는 세상 모든 사람이 원래 그렇게 한다는 투로 말했다.

"넌 이것들을 짊어지고 뛰어라."

"……."

바벨의 전체 무게는 아무리 못 잡아도 250kg은 훌쩍 넘어 보였다.

"아무리 그래도……."

"잘 때만 빼놓곤 절대 몸에서 떨어뜨리면 안 된다."

"……."

별수 없다.

바벨을 흔들리지 않게 로프로 묶어 배낭에 넣고 멨다.

"다녀와!"

준혁은 김성찬의 배웅을 받고 냅다 백사장을 뛰기 시작했다.

왠지 세 명 중 자신이 먹이사슬의 가장 하층에 있다는 생각이 들었다.

그런 준혁을 더욱 비참하게 한 것은 자신이 바벨의 무게를 견디고 있다는 점이었다.

준혁은 자신이 가진 힘의 정체를 조금씩 깨닫고 있었다.

힘은 달의 영향을 받는다.

그래서 낮보다는 밤에, 달이 중천에 뜰 때, 보름달이 될수록 힘은 더 강해진다.

"물론 미친 악마의 달은 예외로 하고 말이지."

그렇게 200kg의 바벨을 짊어지고 발목까지 푹푹 파이는 백사장을 두 시간 동안 전력으로 뛰자 겨우 숨이 차올랐다.

"내가 늑대인간이냐고."

말은 그렇게 하면서도 준혁은 기분이 좋았다.

지구는 힘보다는 돈이, 지식이, 권력이 우대받는 세상인 반면, 이곳은 강한 자에게 한없이 너그러운 세상이기 때문이다.

아르쥬가 선정한 거처는 구명보트를 정박한 장소에서 400m를 더 정글로 들어간 작은 절벽을 낀 평평한 숲이었다.

"동굴도 없고 나무가 너무 많아 천막을 치기도 불편한데?"

"상관없다."

"아하~"

김성찬의 질문에 아르쥬가 턱으로 준혁을 가리켰다.

"나는 주변을 살펴보겠다. 넌 이곳의 나무와 풀을 모두 정리해 공터로 만들어라."

누구의 명이라고 거역하겠는가.

준혁은 터덜터덜 구명보트로 향했다.

"어딜 가는가?"

"도끼 가지러 갑니다. 이곳을 공터로 만들라면서요."

"도구는 도끼가 아니라 네 몸이다. 넌 어젯밤 이것이 가능하다고 충분히 어필했다."

"……."

준혁이 어제 뽑은 야자수는 지름이 10㎝ 정도밖에 안 되는 어린 나무였다.

게다가 야자수가 있던 장소도 백사장 옆으로 토질이 모래질이기도 했다.

하지만 아르쥬가 지목한 장소의 나무들은 거의가 아름드리 나무였고 땅도 단단했다.

준혁은 우선 공터 전체의 풀을 뽑아냈다.

그다음은 잡목들을 처리했다.

바나나 나무같이 입이 넓은 파초들도 어렵지 않게 뽑을 수 있었다.

여기까지는 별 문제 없이 작업이 진행되었지만 문제는 지름이 10㎝가 넘는 나무들이었다.

우선 단순하고 무식하지만 야자수에 통했던 방법을 시도해 봤다.

“끙!”

나무를 잡고 힘껏 당겼다.

나무 밑동이 약간 들썩거렸다.

“끄응!”

다시 한 번 끌어당겼다. 효과가 있었다. 흙이 견디지 못하고 뿌리를 놓아주었다.

“똥 싸?”

저녁을 준비하던 김성찬이 속을 긁었지만 준혁은 아랑곳하지 않고 나무에 집중했다.

나무를 뽑는 단순한 일에서 준혁은 묘한 성취감을 얻고 있었다.

그렇게 살짝 뽑은 후 잡고 흔들자 나무는 더 이상 견디지 못하고 넘어갔다.

“나이스!”

저절로 주먹을 불끈 쥐어졌다.

그런 방식으로 작은 나무들까지 정리하니 하루가 훌쩍 지나갔다.

다음날도 나무 뽑기에 나선 준혁의 얼굴은 비장했다.

어제의 나무 뽑기가 막걸리라면 오늘의 나무 뽑기는 최고급 코냑이었다.

준혁은 밤새 어떻게 하면 지름 20㎝ 이상의 나무를 뽑을 수 있을지 연구했다.

"죽기 아니면 까무러치기지."

목표로 한 나무를 10m 정도 앞에 두고 선 준혁의 얼굴은 전쟁터에 나가는 병사의 그것처럼 비장했다. 그가 선택한 방법은 자신이 가진 힘을 극대화시키는 것이었다.

준혁은 나무를 향해 달리기 시작했다. 그리고 자신의 신체 무게와 등에 짊어진 바벨 200kg의 중량을 이용해 나무에 태클을 감행했다.

꽝!

성공이다.

나무가 충격을 견디지 못하고 뒤로 넘어갔다.

그 모습을 본 김성찬과 아르쥬가 나름의 평가를 내렸다.

"정말 무식한 방법이군."

"말 그대로 멍청한 방법이에요. 의외로 준혁은 머리가 나쁘군요."

"무슨 뜻이지?"

"보면 알아요."

김성찬의 도전은 성공했다.

어느덧 아르쥬는 김성찬에게 존댓말을 사용하고 있었다.

아르쥬의 말은 정확했다.

준혁은 이제 벽에 부딪쳤다.

쿵!

쿵!

태클을 할수록 어깨만 부러질 듯 아프고 나무는 그 시도를 비웃는 것처럼 늠름하게 서 있었다.

그제야 아르쥬가 나섰다.

"당신은 가진 힘을 효율적으로 사용하는 방법을 전혀 몰라."

"……."

"어떤 물체에나 중심점이 있어. 그 중심을 흐트러뜨리면 의외로 사물은 쉽게 넘어지는 법이야."

아르쥬는 한 번의 시범을 보였다.

"난 너처럼 힘으로는 나무를 쓰러뜨릴 수 없어. 대신 요령을 알려줄 수 있을 뿐이지. 그렇지만 힘을 사용하는 방식은 동일해."

설명을 마친 아르쥬는 나무를 등지고 섰다. 그리고 그 나무를 발판 삼아 튕겨져 나갔다.

나무 밑동에 힘을 집중하던 준혁과 달리 아르쥬가 노린 부위는 지상에서 약 2m 위쪽 부분이었다.

펑!

북이 터지는 것 같은 소리와 함께 나무가 격렬하게 진동했
다.

그와 동시에 나뭇잎이 우수수 떨어져 내렸다.

"……."

준혁은 아르쥬가 말하고자 하는 방식의 의미를 이해했다.

'봉의 중간을 조금만 흔들어도 양쪽 끝은 격렬하게 흔들
려. 한쪽이 고정되어 있다면 진동으로 증폭된 힘은 고정 부위
에 쏠리게 되지.'

중요한 점은 각기 다른 크기와 굵기를 가진 나무들의 중심
점을 찾는 일이었다.

애초에 준혁은 나무 뽑기가 단순한 공터 만들기가 목적이
아니라 체력 단련의 목적도 있다고 생각했다.

하지만 체력 단련만이 전부가 아니었다.

나무 뽑기는 '야울 귀레쉬(Yagli Gures)'를 대비한 훈련이
었다.

'상대는 인간이고 계속해서 움직일 테니 중심점을 찾기 더
어렵겠지.'

한편으로 이런 의문도 들었다.

'야울 귀레쉬는 온몸에 오일을 바르고 하는 레슬링이라고
했잖아.'

준혁은 아르쥬가 인정하듯이 인간이 가질 수 없는 괴력을

가지고 있다.

그런 준혁에게 기술 대신 기본부터 철저히 가르친다는 의미는 어쩌면 야울 귀레쉬가 단순한 레슬링이 아닐 수도 있다는 뜻이다.

'두고 보면 알 일. 강해져서 나쁠 것 없어.'

준혁은 아르쥬가 보여준 방법을 흉내 내기 시작했다.

쿵!

쿵!

쿵!

하지만 나무는 크게 흔들릴 뿐 꿈쩍도 하지 않았다.

'뭔가 빼먹은 것이 있어.'

그것은 속도였다.

준혁은 속도를 얻기 위해 방법을 찾았다.

문제점을 알고 한계를 인식한 다음 그것을 해결하기 위해 방법을 찾고 실천에 옮겨 궁극적으로 넘어서는 것.

그것이 유라를 만난 그 순간 이후 준혁이 살아온 방식이다.

이번에도 마찬가지였다.

속도를 얻어야 한다는 명제를 위해 준혁은 아주 단순하지만 효과적인 방법을 찾아냈고, 실천에 옮겼다.

준혁이 생각한 방법은 등에 지고 있던 바벨을 다리로 옮기고는 모래사장을 달리는 것이었다.

　어느 정도 중량에 익숙해지자 이번에는 하염없이 제자리 높이뛰기를 시작했다.

　김성찬은 미친 듯이 훈련에 몰두하는 준혁을 보고 말했다.

　"저래도 되나 싶네."

　"일전 제가 준혁이 머리가 나쁘다고 했던 말을 취소해야겠어요."

　"호, 평가가 후해졌네."

　"대부분의 사람들은 문제의 해결 방법을 알면서도 실천에 옮기지 못하죠. 설령 실천에 옮겼다 해도 끝까지 밀고 나가지를 못해요."

　아르쥬의 말에 김성찬이 고개를 끄덕였다.

　그는 나지막하게 말했다.

　"내가 그랬지."

　"무슨 뜻이죠?"

　"아, 아니야. 계속해."

　"준혁은 문제를 해결하는 능력도, 실천하는 힘도, 해결될 때까지 밀고 나가는 지구력도 모두 좋아요. 그것은 전사가 가져야 할 가장 중요한 자질이죠."

　김성찬은 붉은 반점으로 도배가 된 팔뚝을 긁으며 말했다.

　"자질이고 뭐고 언제까지 우린 구명보트에서 지내야 하는 거야? 모기 때문에 죽겠다고.”

“얼마 안 남았어요. 조금만 참으세요.”

“그러길 바라.”

김성찬이 저녁 준비를 한다며 자리를 떠났다.

‘이상한 사람.’

아르쥬가 내린 김성찬의 평가다.

아르쥬는 고아로 태어나 지옥 같은 훈련을 거쳐 암살자로 교육받았다.

그리고 실제로 뛰어난 암살자이기도 했다.

그런 삶은 아르쥬의 마음의 문에 빗장을 채웠다.

기쁜 일이라고는 없었던 아르쥬의 생에서 그녀가 유일하게 따뜻하게 대하는 사람은 혈육인 동생뿐이다.

그렇게 그녀의 삶을 통해 쌓아 올린 얼어붙은 벽이 김성찬만 보면 봄 햇살에 눈 녹듯 녹아내렸다.

‘워낙 느물느물하는 성격 때문일 거야. 모난 구석도 없고 유머러스하고 나에게 친근하게 대하잖아.’

고민하던 아르쥬는 그렇게 결론을 내렸다.

준혁은 노력에 대한 보상을 받았다.

격렬한 진동으로 흔들린 나무의 뿌리는 흙과의 접착력을 잃어버렸다.

이에 더해 몇 번 충격이 반복되자 결국 쓰러지고 말았다.

그렇게 준혁은 아르쥬가 정해준 범위 내의 모든 나무를 쓰러뜨렸다.

그가 공터를 만들기 시작한 지 정확히 이 주일 만의 일이다.

하지만 준혁의 노동은 단순히(?) 나무만을 뽑아 숲을 공터로 만드는 일로 끝나지 않았다.

공터가 만들어지자 아르쥬는 준혁에게 빠루를 쥐어주며 벼랑에 세 사람이 기거할 굴을 파라고 명령했다.

"전부 바윈데요?"

"그래서?"

"……"

깡!

깡!

깡!

고요한 정글 속에 울리는 쇳소리는 답답한 심정같이 들렸다.

바위가 단단한 화강암이었으면 준혁은 미쳐 버렸을지도 모른다.

하지만 천만다행하게도 바위는 빠루의 단단함을 빌리고 준혁이 사력을 다하면 겨우 파낼 수 있는 정도의 석회암이었다.

＊　　　＊　　　＊

준혁은 악마의 달이 지는 바로 그날 동굴 파기를 마치는 기염을 토했다.

그리고는 악마의 달이 지자 죽은 듯이 쓰러져 끙끙 앓았다.

김성찬과 아르쥬가 진심으로 준혁이 죽을지도 모른다고 생각했을 만큼 준혁의 상태는 심각했다.

열은 40도를 웃돌았고 묽게 쑨 미음도 전부 토해냈다.

마치 생과 사의 중간 지점에 서 있는 것 같던 준혁이 정신을 차린 것은 그가 쓰러진 지 꼬박 일주일이 지나서였다.

준혁이 눈을 떴을 때 그를 맞아준 것은 김성찬이었다.

김성찬은 잠을 못 잤는지 토끼눈을 하고 준혁의 머리에 차가운 물수건을 얹어주고 있었다.

“성… 찬… 형.”

“깨어났구나.”

김성찬은 눈을 뜬 준혁을 보더니 손을 잡아주었다.

“네가 죽는 줄 알았다.”

“며칠이나 지났는데?”

“꼬박 일주일.”

"……."

주변을 보니 구명보트에 비치하는 레토르트 물 봉지가 널려 있었다.

"미음도 해열제도 전부 토해내고… 배에서 가져온 약은 많아도 어떤 약을 써야 할지도 모르겠고, 정말 미치겠더라. 그런데 이 물에 여러 가지 필수 영양소가 들어 있다고 너에게 들은 기억이 났어."

"좋은 선택이야, 형."

새로운 세상.

혼자가 아니란 사실이 너무나 감사했다. 그리고…….

'유라… 너도 누군가 옆에 있겠지?

그렇게 마음속으로 빌었다.

"그런데 성찬 형, 그때 형이 한 그것 있잖아. 확하고 피로가 가시는 거. 그걸 써보지 그랬어?"

"왜 안 해봤겠냐, 전혀 안 듣더라고. 솔직히 실패할 확률도 많고."

준혁은 다시 물었다.

"형, 형은 어떤 사람이야?"

김성찬의 얼굴이 굳었다.

그는 천천히, 그렇지만 단호하게 말했다.

"말할 수 없어. 하지만 때가 되면 꼭 너에게 이야기한다고 약속한다."

"……."

말투마저 변하는 김성찬이다.

그래서 더 물을 수 없었다. 왠지 그래선 안 될 것 같았다.

예전 그가 말했던 것처럼 사람에겐 감추고 싶은 비밀이 있
는 법이다.

지금 중요한 것은 김성찬이 자신의 회복을 진심으로 기뻐
하고 있다는 사실이다.

그때 아르쥬가 동굴로 들어왔다. 그녀는 준혁을 힐끔 보더
니 툭 말을 던졌다.

"깨어났나?"

"죽어도 못 죽으니까요."

"죽지 못할 이유가 있으면 무엇이든 견딜 수 있어. 앞으로
의 훈련도 그 정신으로 하길 바라."

그렇게 말한 아르쥬는 다시 동굴 밖으로 나가 버렸다.

김성찬은 동굴 밖을 살피더니 다시 돌아와 준혁의 귀에 대
고 속삭였다.

"지금 와서 하는 말이지만 아르쥬도 걱정이 대단했어. 약
초 같은 것을 구해와 몸에 덮어주기도 하고 밤새도록 발가벗
은 네 몸도 주물러 주고 말이야."

모포를 들춰보니 정말로 아무것도 입지 않은 상태였다. 그

리고 온몸에 약초를 짓이긴 것으로 보이는 끈적끈적한 액체가 말라붙어 있었다.

"생각해 봤는데, 네가 앓아누운 이유는 아마도 악마의 달 때문인 것 같아."

"왜 그렇게 생각하는데?"

"악마의 달이 주는 힘을 마약으로 생각하면 이 상황이 설명되거든. 넌 한 달 동안 그 마약을 마음껏 남용했고."

"난 금단증세에 시달린 거다 이 말이지?"

"그래. 네가 쓰러진 날이 악마의 달이 원래대로 돌아간 바로 그날 밤이었으니까."

확실히 타당한 추론이다.

이제 악마의 달이 준 힘을 다시 가지기 위해서는 꼬박 일 년이 남았다.

그때 그 힘이 준혁의 몸에 어떤 식으로 작용할지는 미지수였다.

분명한 사실은 그 힘이 양날의 검이라는 점이었다.

*　　　*　　　*

준혁이 깨어난 후 아르쥬는 다시 훈련을 시작했다.

그녀는 준혁이 사경을 헤매는 동안 훈련장을 만들어놓고

있었다.

나무에 매달아놓은 밧줄, 1m 길이로 잘라 박아놓은 통나무들, 평행봉 등의 훈련 도구들은 준혁이 보기에도 너무나 평이했다.

"이 정도로 충분할까요?"

준혁은 아르쥬가 나무에 달아놓은 밧줄을 가리키며 말했다.

"팔 힘만으로 올라가라."

정말 쉬운 일이다.

악마의 달이 사라졌다 해도 준혁은 인간 같지 않은 완력을 보유하고 있다.

하지만 자신감은 줄을 잡자마자 사라졌다.

줄은 미끄러웠다.

미끄러워도 무지막지하게 미끄러웠다.

"뭘 바른 겁니까?"

"너희들이 윤활유라고 부른 것이다. 미끄러워 안성맞춤이었다."

"……"

자세히 보니 다른 훈련 장비들도 조금씩 이상했다.

땅에 박힌 통나무의 윗부분은 둥글게 다듬어져 있었고, 역시 윤활유가 듬뿍 발라져 있었다.

"네가 가진 힘은 충분하다. 지금 너에게 부족한 것은 균형 감각이다. 온몸의 근육 세포 하나하나가 언제든지 중심을 잡을 수 있는 능력을 보유해야 한다."

"……."

그래도 맨몸으로 나무를 뽑고, 빠루 하나로 바위굴을 뚫는 것보다는 훨씬 수월하다.

"알겠습니다."

준혁이 미끄러운 로프를 잡자 아르쥬가 말했다.

"잠깐!"

"뭡니까?"

"잊어버린 것 없나?"

"……."

아르쥬가 배낭을 내밀었다.

"우선 100kg만 담았다. 메라."

"……."

그 말은 앞으로 무게가 더 늘어난다는 의미를 내포하고 있었다.

'아예 로프 밑에 창을 박으시지!'

하는 말이 절로 나왔다.

하지만 준혁은 억지로 그 말을 삼켰다.

훈련을 위해서라면 아르쥬는 분명 그 말을 실천에 옮길 것 같았기 때문이다.

　매일 아침 준혁이 가장 먼저 하는 훈련은 구보다.
　준혁은 일어나자마자 등에 100㎏ 바벨을 넣은 배낭을 짊어
지고 10㎞를 전력으로 달렸다.
　그리고 나면 아침을 먹고 본격적인 훈련에 들어간다.
　오전에는 아르쥬가 만들어놓은 훈련 장비들을 이용해 체
력을 단련한다.
　점심을 먹고 나면 본격적인 대련이다.
　아르쥬는 방수포로 만든 전신 타이즈를 입었고, 준혁도 역
시 방수포로 만든 바지를 입은 후 윤활유를 듬뿍 바른다.
　야울 귀레쉬는 오일 레슬링이라는 뜻과 달리 레슬링과 씨
름, 유도, 복싱, 격투기가 모조리 섞여 있는 격투기였다.
　차고, 찌르고, 잡고, 던지는 모든 행위가 인정되고 승패는
오직 하나의 행동.
　양어깨가 등에 닿는 것으로 결정된다.
　잡아 넘기는 것보다 때려 기절시키는 것이 편한 운동.
　그것이 준혁이 내린 야울 귀레쉬의 정의였다.
　"네 말대로다. 경기 참가자 중 사망자가 절반쯤 된다. 더
많을 때도 있고."
　"……."

그래도 자신은 있었다.

준혁은 4년 동안 특공무술을 배웠고 그 실력도 뛰어났다. 특공무술은 여타의 무술과 달리 적의 제압을 목적으로 하는 기술이 아니다.

일격으로 적을 항거 불능 상태로 만드는 살인술이다.

하지만 결과는 처참했다.

준혁의 기술은 전혀 먹혀들지 않았다.

아르쥬는 언제나 준혁의 행동보다 먼저 움직였고, 생각지도 않은 빈틈을 찌르고 들어왔다.

아르쥬의 움직임은 힘에 기반을 두고 있지 않았다.

그녀의 사용하는 힘의 정체는 '오러' 였다.

"야울 귀레쉬에서는 오러를 사용하면 안 된다면서요. 반칙 아닙니까?"

"그렇다. 하지만 그렇지 않기도 하다."

아르쥬의 설명에 의하면 야울 귀레쉬는 하라두에게 바치는 전사를 뽑는 제전이면서 3년간 토호연합국을 이끌어갈 수장국을 뽑는 행사이기도 하다.

"이를 주관하는 이들이 성지의 신관들이다. 그들은 오러가 인간 본연의 속성을 해친다고 주장한다. 그래서 야울 귀레쉬에서는 오러의 사용을 철저하게 배척한다."

"내 말이 그 말 아닙니까? 솔직히 오러를 사용하지 않는 사람과 붙어 질 거라고는 생각하지 않습니다.”

“네 말이 옳다. 나도 그렇게 생각한다. 하지만 세상은 규칙 대로만 이뤄지지 않는다. 말했다시피 야울 귀레쉬에 워낙 막대한 이권이 걸려 있다 보니 각국은 우승하기 위해 필사적인 노력을 기울인다.”

뇌물, 협박, 공갈.

각 토호국은 성지의 신관들에게 엄청난 재물을 가져다 바치고 자신들의 선수가 오러를 사용하지 못한다는 사실을 인증 받는다.

부패한 신관들도 기꺼이 눈을 감는다.

“그럼 마람파샬국도 돈을 가져다 바치고 아르쥬 같은 사람을 선수로 쓰면 되지 않습니까?”

“그렇지 못하는 이유는 마람파샬국 자체에 있다. 마람파샬국은 하이난고람 토호연합국에서 가장 역사가 오래된 나라다. 그 역사에 걸맞게 하라두의 성지도 마람파샬국에 있다. 신관들은 마람파샬국만큼은 하라두 신의 뜻을 지키길 원한다. 그들은 마람파샬국에게만큼은 뇌물을 받지 않는다.”

“웃긴 놈들이군요. 그래도 최소한 신은 두려워하는 모양입니다?”

“그렇다기보다는 마람파샬국이 지불할 수 있는 대가가 미약하다고 하는 편이 옳다. 전전대 국왕 대에서부터 마람파샬국은 국운이 기울어 이제 와서는 12개 토호국 중 국력이 가장 약한 나라로 전락했다."

즉, 마람파샬국은 돈도 없고 백도 없어 신관들에게 휘둘리는 형편없는 나라란 이야기다.

"오러를 사용하는 전사들을 제가 이길 수 있다고 보십니까?"

"있다. 보는 눈이 있어 신관들도 무작정 상급 오러 능력자들을 인정해 주진 않는다. 그들이 인정하는 것은 입문자뿐이다."

오러를 사용하는 전사들은 그 능력에 따라 오러 마스터, 오러 익스퍼드, 오러 유저, 오러 비기너, 입문자의 다섯 단계로 나뉜다.

이쯤에서 궁금증이 생겼다.

준혁은 아르쥬에게 형편없이 당하기만 했다.

지금 자신의 능력이 어느 정도인지 알고 싶은 것은 어쩌면 당연하다.

"아르쥬는 어떤 단계입니까?"

"오러 유저 중급이다. 하지만 나는 어쎼신이다. 상황과 조건이 맞으면 최상급 오러 익스퍼드는 무리라도 상급 익스퍼드까지는 죽일 수 있도록 훈련받았다."

이제 가장 중요한 질문이다.

"내가 우승할 승산은 얼마입니까?"

"지금으로써는 50퍼센트 정도다."

반반? 나쁘지 않다.

오히려 준혁의 예상보다 높은 확률이다.

이제 남은 시간은 8개월.

그동안 그 확률을 100퍼센트에 가깝게 높이는 일이 준혁이 할 일이다.

그리고 그것만이 유라를 구할 수 있는 유일한 방법이기도 했다.

Chapter 12
활

섬 생활이 6개월에 접어들자 김성찬은 심각한 고민에 빠져들었다.

그를 고민하게 만든 것은 식단이었다.

처음부터 살아가는 데 필요한 필수 식량 이외의 신선한 재료가 너무나 부족했다.

그래도 악마의 달이 지나가자 낚시를 할 수 있었고, 아르쥬의 도움으로 과일과 먹을 수 있는 풀을 채집할 수도 있었다.

하지만 먼 바다로 나갈 수 없어 잡을 수 있는 생선은 손바닥만 한 것뿐이었고, 그나마 몇 달을 먹으니 질려 버렸다.

“더는 못 먹겠다. 고기가 필요해.”

“사냥을 하죠.”

“산꿩도 있고 멧돼지도 있더라구. 산탄총을 사용하면 잡을 수 있지 않을까?”

“산탄총의 존재를 아르쥬가 알면 안 됩니다.”

하루 종일 엄청난 육체 운동을 소화하는 준혁도 심각한 영양 부족을 느끼고 있었다.

준혁은 그동안 잊고 있었던 한 가지 물건을 떠올렸다.

그것은 크레이 사격용 진흙 접시를 날리는 활대였다.

준혁은 활대를 분해해 사람이 사용할 수 있는 활로 개조하기로 했다.

워낙 오랜 시간 동안 활을 만져온 준혁이라 개조 작업은 빠르게 이뤄졌다.

중심이 되는 그립은 구명보트의 구조물로 사용되던 두랄루민을 가공해 만들기로 했다.

작업은 줄만을 사용한 완전 수작업이었다.

준혁은 그립의 대략의 형태를 잡은 후 활대를 볼트로 연결했다.

그리고 세심하게 중심을 확인하면서 그립을 깎아 나갔다.

완성된 활은 전형적인 양궁의 형태를 띠고 있었지만 명중률을 올려주는 스테빌라이저나 추, 조준기 등이 전혀 달려 있지 않은 매끈한 외모를 가지고 있었다.

화살은 쉽게 구할 수 있는 조릿대로 만들기로 했다.

화살촉은 구명보트에서 떼어낸 쇠파이프를 자르고 연마해 만들었고, 화살 깃은 섬에서 주워 모은 새의 깃털이었다.

사사는 아르쥬와 김성찬이 보는 앞에서 이뤄졌다.

"당길 수 있어? 그 활대는 모터로 당기는 거라구."

"해봐야죠. 끙!"

힘껏 힘을 주자 엄청난 훈련으로 잘 발달된 가슴 근육이 보기 좋게 부풀며 활대가 반달처럼 휘며 시위가 당겨졌다.

피융!

시위를 놓자 화살은 30m 정도 떨어진 곳에 과녁 대신 세워 둔 나무토막에 정확히 명중했다.

그 모습을 본 김성찬이 환호성을 질렀다.

"와우! 멋진걸!"

"……."

말은 없었지만 한 방에 과녁에 명중한 화살을 보고 아르쥬도 무척 놀란 눈치다.

하지만 정작 가장 놀란 사람은 준혁 본인이었다.

"……."

과격에 다가간 준혁은 과녁에 박힌 화살을 뽑아 들었다.

화살은 촉을 넘어 손가락 두 마디 이상이 나무에 박혀 있었다. 준혁은 끝이 뭉툭하게 뭉개진 화살촉을 보며 한 가지 가능성을 떠올렸다.

　'만일 화살촉이 강철이라면? 그리고 화살 자체가 조릿대가 아닌 단단한 쇠라면?

　화살은 박히는 것을 넘어 관통을 할 수도 있을 것 같았다. 그렇게 되면?

　단순히 사냥용으로 생각했던 활의 용도가 달라진다.

　머릿속에 동시에 두 가지 물건이 떠올랐다.

　준혁은 밤이 되어 김성찬과 아르쥬가 잠이 들자 몰래 동굴을 빠져나왔다.

　그리고 활과 화살을 챙긴 다음 바다의 여행자호가 좌초했던 해변으로 향했다.

　　　　　　　＊　　　＊　　　＊

　바다의 여행자호가 좌초했던 자리에는 하얀 거체를 자랑하던 배는 사라지고 산더미같이 큰 검은 쇳덩어리만 덩그러니 놓여 있었다.

　준혁은 쇳덩어리로 다가갔다.

　멀리서 본 쇳덩어리의 겉면은 매끈했지만 가까이 다가갈수록 작은 솜털같이 생긴 것들이 빼곡하고 박혀 있는 것을 볼 수 있었다.

솜털의 정체는 '악마의 심부름꾼'이라고도 불리는 티그의 부리였다.

티그는 총알오징어의 일종이다.

평상시에는 그저 맛있는 요리의 재료로 쓰이지만 티그는 지옥의 7월이 다가오면 몸의 뼈가 이상 돌출되어 머리 밖으로 튀어나오는 변태를 겪는다.

대롱 형태의 이 뼈는 부딪치는 대상의 모든 결합 구조를 무력화시켜 녹아내리게 한다.

바로 이것이 7월의 바다를 죽음의 바다로 만드는 악마의 심부름꾼 티그의 정체다.

준혁이 주목한 것은 강철에도 박히는 강도를 가진 티그의 부리였다.

준혁은 쇳덩어리에서 티그의 부리를 뽑아냈다.

은빛으로 빛나는 부리의 길이는 15cm, 직경은 새끼손가락보다 아주 조금 가늘었고 무게도 적당해 화살촉으로는 매우 적합했다.

'강도만 괜찮으면 완벽해.'

준혁은 가지고 있던 화살의 촉을 티그의 부리로 교체했다.

그리고 활시위에 얹은 다음 5~60m 떨어진 바위를 향해 힘껏 발사했다.

‘강도가 괜찮으면 튕겨져 나올 것이고 무르면 부서지겠지.’

결과를 보기 위해 바위에 다가간 준혁은 말문이 막혀 버렸다.

놀랍게도 화살은 바위에 한 뼘 이상 깊숙이 박혀 있었다.

몇 번의 실험 끝에 준혁은 그 이유를 알 수 있었다.

대롱의 안 공간은 미세한 몇 겹의 막으로 서로 분리되어 있었다.

그리고 그 막 안에는 아직도 정체를 알 수 없는 소량의 액체가 남아 있었다.

화살이 바위에 접촉하는 순간 그 충격으로 막이 터지면서 안의 액체가 튀어나와 바위를 녹여 버리는 메커니즘이다.

준혁은 자신의 발견을 비밀에 붙이기로 했다.

이 사실이 알려지면 생겨날 변수가 너무나 많았다.

우선 이 화살은 대포가 없는 현 시대 상황에 비추어 보았을 때 완벽한 공성무기가 될 수 있었다.

또한 상대적으로 소국인 마람파샬국이 이 화살을 가졌을 때 생겨날 파급효과를 예상할 수 없었다.

신기술만으로 나라가 강해질 수는 없다.

국력이 뒷받침되지 않는 신기술은 오히려 국가 존립의 위험 요소가 될 가능성이 농후하다.

무엇보다 준혁의 결심을 확고하게 한 것은 유라의 존재다.

마람파샬국의 정세가 변화하면 유라를 구하는 계획이 차질을 빚을 수 있다.

지금 시점에서 준혁에게 가장 두려운 사항은 야울 귀레쉬(Yagli Gures)에 나가 우승하고, 상금을 받고, 그 상금으로 유라를 구하겠다는 일련의 계획이 흔들리는 일이다.

준혁은 그것을 결코 용납할 수 없었다.

* * *

준혁이 화살을 쏘고 무언가를 고민하는 모습을 멀리서 지켜보는 그림자가 있었다.

김성찬이다.

그는 준혁이 바위에 화살을 쏴대는 모습을 보고 감탄하고 있었다.

'무려 2,000년 전에 사라진 기술이야. 마법이 발달하면서 티그의 부리를 이용한 화살보다는 파이어 볼 한 방의 위력이 더 커졌기 때문이지.'

진심으로 준혁이 부러웠다.

준혁은 목표를 위해 계획을 수립하고 그 계획을 실천해서 이루는 능력을 가지고 있었다.

'난 저렇게 능동적이고 진취적이지 못했어. 주인공이 아니었거든.'

원래의 계획대로라면 김성찬은 하이난고람 토호연합국에 도착하는 즉시 준혁과 헤어졌을 것이다.

그리고 대상의 틈에 끼어 고린비 사막을 건너고 카클라코람 대산이 있는 스카이 월 산맥을 넘어 북방대륙으로 갔을 것이다.

하지만 준혁과 지내면서 그 생각이 조금씩 바뀌었다.

김성찬은 준혁이 어떻게 변해가는지 조금 더 지켜보고 싶었다.

할 수 있다면 그가 부인을 찾는 일도 도와주고 싶었다.

'아직도 넌 가면을 쓰고 있구나.'

김성찬은 씁쓸하게 웃었다.

'준혁을 돕겠다는 것이 전부는 아니잖아, 김성찬?'

김성찬이 진실로 알고 싶은 일은 선창에 갇혔을 때 느꼈던 강대한 마력의 정체였다.

그 마력은 지금은 이 세상에서 사라져 버린 마법사, 그것도 최고위 마법사가 내뿜는 진한 마나의 향기였다.

그 향기의 진원을 찾는다면 김성찬은 자신의 손으로 닫아 버린 마법사의 문을 열 수 있을 것 같았다.

그리고 그 마력과 준혁의 부인 유라와 어떤 관계가 있다는 사실도 어렴풋이 깨닫고 있었다.

다시 말해 3서클에서 스스로 멈춰 버린 선택을 되돌리려면 준혁의 부인 유라가 절실히 필요했다.

김성찬은 열여섯 살 때 이 세상에 왔다.

그리고 우연히 스승을 만나 마법사가 되었다.

김성찬의 인생은 전형적인 판타지 소설의 흐름을 따라가는 듯싶었다.

하지만 그런 생각은 큰 오산이었다.

김성찬이 마법사가 되었을 때 세상은 이미 마법사의 황혼기였다.

대다수의 고위 마법사들은 벌써 오래전 모습을 감췄고, 몇몇 하급 마법사들은 마법사라는 사실을 감추고 숨어 지냈다.

김성찬의 경우도 마찬가지였다.

햇볕이 들지 않는 굴에 사는 시궁쥐처럼 김성찬은 토굴에서, 혹은 무너진 던전에서 살아야 했다.

그렇게 스물두 살까지 6년을 살았다.

우연히 차원 문을 여는 마법 스크롤을 얻었을 때 김성찬은 생각했다.

'지구로 가면 3서클도 쓸모가 있을 거야. 마법이라고, 마법. 마술사만 해도 평생 잘 먹고 살 수 있어.'

하지만 지구에서는 마법이 통하지 않았다.

그가 이계 생활 6년 동안 얻은 것은 단 두 가지, 3서클의 마법사란 쓸모없는 타이틀과 자신이 결코 판타지 소설 속의 주인공이 아니란 사실이었다.

지구로 돌아온 날 이후부터 김성찬은 다시 이세계로 오기 위해 무던히도 노력했다.

그리고 이곳에 다시 왔다.

하지만 준혁을 본 순간 그는 알아차렸다.

이번에도 주인공은 자신이 아니라 준혁이란 사실을.

*　　*　　*

또 다른 장소에서 아르쥬도 준혁의 모습을 보고 있었다.

아르쥬는 유라의 행방을 알려주지 않았던 자신의 선택을 몸서리치게 경멸하고 있었다.

'정말 미안해요.'

아르쥬에게 중요한 것은 무시무시한 위력을 가진 화살도, 이계인들이 자신 모르게 숨긴다고 숨겼던 마법 아티펙트도, 심지어는 상으로 받을 아크랩 족장의 지위도 아니었다.

그녀가 원하는 것은 오직 한 가지, 샤반의 자유였다.

'그리고 그날이 오면……'

아르쥬는 떠오른 생각을 머리에서 지워 버렸다.

미래는 정해지는 것이 아니다. 현세에 충실하면 미래는 자연히 따라오는 법이다.

하라두 신은 그렇게 말씀하셨다.

아르쥬는 신의 말씀을 낮은 자세로 겸허히 따르기로 했다.

아침에는 체력 훈련을, 오후에는 대련 훈련을 하던 준혁은 밤 운동을 추가했다.

바로 활쏘기다.

준혁은 자신이 직접 만든 활과 화살을 이용해 밤마다 수백 번 이상 활을 쏘았다.

이 세상에 온 후 강해진 힘과 시력, 아르쥬에게 배운 균형 감각, 그리고 보통 인간은 당길 수도 없는 엄청난 장력의 활이 더해졌다.

그러자 준혁이 쏘는 화살은 더 이상 화살이라고 말하기 어려울 정도의 가공할 위력을 보여주었다.

준혁은 무려 200미터 이상의 거리에 있는 주먹만 한 과녁에 열 발 중 아홉 발을 명중시키는 실력을 가지고 있었고, 각 화살은 5㎝ 두께의 판자를 가뿐하게 관통했다.

"주몽이 따로 없어."

김성찬이 혀를 내두를 만큼 그 위력은 대단했다.

더 놀라운 사실은 그런 관통력이 따를 바 없는 위력을 보여
주는 티그 화살이 아닌 일반 화살을 사용한 결과란 점이었다.

티그 화살을 사용하면 관통력은 비약적으로 향상되었다.

단단한 화강암 바위에 길이 130㎝에 달하는 티그 화살이
절반쯤 박히는 모습은 언젠가 화살 앞에 설 적이 불쌍해질 지
경이었다.

무력뿐만이 아니라 하이난고람어도 열심히 배웠다.

다행히 언어는 배우기 쉬웠다.

기본적으로 북방대륙과 하이난고람 토호연합국, 그리고
남방대륙의 언어는 악센트와 몇몇 명사만 빼면 매우 유사한
구조를 가지고 있었다.

그래서 한 언어에 능숙하면 다른 언어를 배우는 것이 그리
어렵지 않았다.

이유를 묻는 준혁의 질문에 아르쥬는 이렇게 대답했다.

"아주 먼 옛날에는 대륙공용어란 것이 있었다고 해요. 모
든 나라의 말은 대륙공용어에서 파생된 것이지요."

그중에서도 남방대륙의 언어는 명사를 제외하면 현대 영
국 영어와 매우 유사했다.

어쨌든 덕분에 준혁은 별 어려움을 겪지 않고 하이난고람
어를 배울 수 있었다.

                    *   *   *

　풍요의 6월이 다시 찾아오고 해변에 한 척의 범선이 나타
났다.

　한 명의 여자와 두 명의 남자는 약간의 짐만을 가지고 범선
에 올랐다.

　범선의 선원들은 세 명이 섬을 떠나면서 단 한 번도 뒤를
돌아보지 않고 있다는 사실을 발견했다.

　선원들은 그런 행동이 1년 동안 그들이 섬에서 겪었을 고
초 때문이라고 생각했다.

　하지만 선원들의 생각은 틀린 것이었다.

　세 명은 각자의 각오를 가지고 있었고, 섬을 뒤돌아보는 행
동으로 약간의 미련이라도 남기기 싫었을 뿐이다.

Chapter 13
핫산 아가

핫산 아가 선장은 가문의 도움이나 금전이 아닌 순순한 개인의 능력만으로 마람파샬국 사략함대 기함 자하비 주말[황금 낙태]호의 선장이 된 인물이었다.

핫산 아가 선장은 전형적인 뱃사람의 표상 같은 존재였다.

그는 해류와 기상을 보는 눈도 뛰어났고, 조타술은 더 뛰어났으며, 선원들을 리드하는 마음은 더더욱 뛰어났다.

핫산 선장의 최종 목표는 당연하게 무라디 시난 대선장의 뒤를 이어 대선장이 되는 것이었다.

그리고 그 꿈은 손에 잡힐 듯 가까이 있는 것 같았다.

하지만 1년 전의 항해 실패로 모든 상황이 변했다.

새로운 배를 건조해 주겠다고 말했던 우르지 파샤는 귀항하자마자 안면을 바꿔 핫산 선장을 사략함대의 선장 직에서 해임했다.

그렇지 않아도 토호국 중 파샤의 권력이 가장 약한 나라가 마람파샬국이다.

이런 판국에 사략함대의 실패는 우르지 파샤에게 엄청난 정치적 압박으로 작용했다.

우르지 파샤는 사략함대의 실패를 책임질 사람이 필요했고, 자신과 동생, 그리고 각 지방 영주들의 지원을 받는 무라디 대선장을 빼고 나면 남은 이는 평민 출신의 핫산 선장뿐이었다.

핫산 선장은 사략함대에서 밀려나 전투선으로 사용이 불가능한 돛대 두 개짜리 소형함의 선장으로 좌천됐다.

그리고 이들을 데려오라는 치욕적인 임무를 명령받았다.

이 모든 일의 원인은 오직 하나, 티그의 공격을 받아 한낱 쇠 무덤으로 변해 버린 빌어먹을 철선 때문이었다.

따지고 보면 이 모든 일의 시작은 한 남자 때문이었다.

핫산은 배에 오르고 있는 준혁을 지목했다.

'저놈 때문이야.'

준혁은 핫산의 부하 선원 여섯 명을 죽였고 열두 명에게 회

복 불능의 영구적 부상을 입혔다. 게다가 수십 명의 경상자는
덤이었다.

한 번 미우니 모든 일이 밉게 보였다.

준혁이 두리번거리고 있는 모습도, 어쭙잖게 등에 짊어진
거대한 활도, 입고 있는 말도 안 되게 몸에 달라붙는 옷도 마
음에 들지 않았다.

하지만 우르지 파샤는 저 남자와 아르쥬를 고이 '모셔' 오
라고 명령했다.

범선이 다시 출항하자 준혁은 갑판에 앉아 먼 바다를 바라
보았다.

지금까지의 일 년이 준비 기간이었다면 앞으로 펼쳐질 미
래는 실전이다. 실수는 곧 죽음을 의미했고, 자신의 죽음은
유라의 고통으로 이어질 것이다.

마찬가지로 옆에 앉아 먼 바다를 바라보던 아르쥬가 말했
다.

"다 잘될 거예요. 당신은 정말 강해요."

준혁은 며칠 전 최초로 아르쥬의 몸에 손을 댔다.

오러를 사용할 수 없는 인간이 오러 능력자의 몸에 손을 댈
수 있다고 말한다면 모두 미친놈이라고 손가락질할 만큼 그
것은 대단한 일이었다.

그리고 그날 이후 아르쥬는 준혁에게 존댓말을 사용하기 시작했다.

두 사람과 달리 바다 대신 주변을 살피고 있던 김성찬이 끼어들었다.

그의 목소리는 무척 불안하게 들렸다.

"선원들이 우릴 보는 눈초리가 심상치 않아."

"저 때문이겠죠. 이들 중에도 제가 죽이거나 다치게 한 선원들의 동료가 있을 테니까요."

준혁도 같은 기분을 느끼고 있었다.

"걱정 마세요. 파샤의 명령은 절대적이에요. 하찮은 선원이 감히 파샤의 명령을 거스를 순 없어요."

하지만 아르쥬의 말과 달리 상황은 점점 더 안 좋아졌다.

범선이 섬을 벗어나 먼 바다로 나갈수록 선원들이 술렁거리기 시작하더니 세 사람을 둘러싸기 시작했다.

게다가 선원들의 선두에는 핫산 선장이 있었다.

"무슨 일이죠, 핫산 선장님?"

아르쥬의 질문에 핫산 선장이 퉁명스럽게 대답했다.

"네가 파샤의 호위 아크랩이라고 해도 이 배의 선장은 어디까지나 나다. 끼어들지 말라는 이야기다."

그러나 아르쥬는 핫산 선장의 협박을 무시했다.

"당신은 우르지 파샤의 명을 거역할 속셈인가요? 저 남자는 우리 마람파샬국에 있어 매우 중요한 사람입니다.”

“나도 안다. 난 이 남자가 아니라 저 남자에게 볼일이 있을 뿐이다.”

핫산 선장이 가리킨 남자는 김성찬이었다.

“파샤의 명령에 너와 이 남자는 있어도 저 남자는 없었다. 난 저 남자의 목으로 죽은 선원들의 영혼을 달래줄 생각이다.”

“말이 된다고 생각하십니까?”

“난 된다고 생각한다.”

핫산 선장은 뒤를 돌아보며 선원들에게 외쳤다.

“안 그런가?”

선원들이 반월도를 들고 함성을 질렀다.

“죽여라!”

“죽여라!”

“죽여라!”

분위기가 걷잡을 수 없이 고조되자 아르쥬가 단검을 빼 들었다.

챙!

“다가오면 난 아크랩으로서 가진 모든 능력을 동원해 당신들을 막을 수밖에 없어.”

선원들이 움직임을 멈췄다.

아크랩이란 단어는 선원들에게는 '죽음'과 동의어였다.

"우리가 원하는 것은 저 남자일 뿐이다. 저 남자는 아크랩도 파샤가 원하는 전사도 아니다."

그래도 핫산 선장은 물러서지 않았다.

상황이 급해지자 준혁도 활을 꺼내 들었다.

김성찬도 가방 속에 넣어두었던 준혁이 준 M10 리볼버를 만지작거렸다.

누구 하나 실수하면 대형사고로 이어질 것 같은 일촉즉발의 팽팽한 대치가 긴장감을 고조시켰다.

그때 그 긴장감의 끈을 끊어버리는 일이 벌어졌다.

메인 마스트 꼭대기에서 사방을 살피던 견시수가 외쳤다.

"상선 발견! 상선 발견! 피오다이나 선단의 하얀 비둘기 깃발! 네 척!"

『스틸로드』 1권에 계속…

기사도
chivalry

요람 판타지 장편 소설
FANTASY FRONTIER SPIRIT

2012년, 『제국의 군인』의 요람,
그의 새로운 이야기가 시작된다!

같은 세계, 또 다른 이야기!

몰락해 가는 체르니 왕국으로 바람이 분다.
전쟁과 약탈에 살아남은 네 남매는 스승을 만나고
인연은 그들을 끌어올려 초인의 길에 세운다.
그렇게 그들은 기사가 되었고
운명을 따라 흉성을 가진 루는 자신의 기사도를 세운다!

명왕기사(明王騎士) 루.

그가 세우는 기사도의 길에 악이란 없다!